感 恩 最 小 的 露 珠

王继颖 | 著

中国广播影视出版社

徜徉在那些美好中间

　　就那样欢喜地遇见了。一缕春风便吹绿了广袤的原野，一声鸟鸣便幽静了一方山林，还有那一树树的花开，那一溪溪的清流，那自由舒卷的白云，那古风犹在的远村，那喜欢眺望的老槐树，那池塘里嬉戏的鸭鹅，那迷了路也不慌张的蝴蝶……一眼望去，随处都是迷人的风景，自然、清新、朴素，美丽的气息恣意地荡漾。

　　就那样欢欣地爱上了。爱上一江静水流深的从容，爱上一场夏雨的酣畅淋漓，爱上秋光无限的姹紫嫣红，爱上冬日纯净的银装素裹，爱上一架高桥横跨大江南北的豪迈，爱上一条长路贯穿东西的壮丽，爱上一栋栋高楼大厦春笋般地拔地而起，爱上一盏盏明灯火树银花般地亮起，爱上繁华街市上的车水马龙，爱上广袤原野上的万顷稻浪……目光所及，到处都是浓墨重彩的画面，壮丽、逶迤、宏阔，磅礴的气势，不可阻挡地扑面而来。

　　就那样幸福地陶醉了。为小草清脆的发芽声，为牵牛花爬过的篱笆，为檐雨轻轻弹拨的琴音，为红叶点缀的山间小径，为低低飞过的麻雀，为穿窗而来的明媚阳光，为谜一样撩起思绪的星空，为旅途上惊喜的相逢，为擦肩而过时甜美的微笑，为孤独时一语关切的问候，为寂寞行程上一个真诚的微笑，为梦想成真时热烈的掌声……原来，万物皆有欢喜，万事皆生情趣，万人皆可亲近。

就那样痴痴地迷恋了。一段尘封已久的历史，还在慢慢地讲述着过往的沉沉浮浮；一个情节兜兜转转的故事，还在絮絮地诉说着扣动心弦的爱恨情仇；一首染了田园或边塞风韵的唐诗，还在绵绵地传递着可意会也可言传的美妙；一阕或豪放或婉约的宋词，仍在徐徐地吹送着折不断的杨柳风。一卷在手，便有无数的星光扑来，便有无尽的话题打开，便有无限的遐思飘逸……没错，天下风光在读书。走进书籍的水色山光里，随时随地都会遇到醉了眼睛也醉了心灵的风景。

真好，怀揣柔柔的爱意，自由自在地穿梭于古往今来，欢欣地流连于尘世的点点滴滴，不辜负每一个怦然心动的瞬间，或认真倾听一朵花开的声音，或仔细凝眸一轮素洁的明月，或悉心阅读一枚秋霜染红的枫叶，或静心体味一缕柔情似水的炊烟，或端坐窗前看明明暗暗的光影慢慢地走来走去，或漫步田埂上看黄黄绿绿的庄稼葳蕤地生长，或穿行于喧嚣的街市，随手捕捉一串苦辣酸甜，或安然于静静的斗室，照料日常的柴米油盐……有时要寻寻觅觅，有时只需不经意的一瞥，就能够欢喜地遇到那么多的真，那么多的善，连同那么多的美。

尘世间俯拾皆是的种种美好，都是生命不可或缺的弥足珍贵的馈赠。一位锦心绣笔的作家，即便身处寻常的日子里，即便面对普通的一花一草，也会有欢喜的发现，会有怦然心动的感悟，会欢悦地撷取光阴里的点点滴滴的美好，用一生珍惜的笔墨，饱蘸真情，一一精心地描绘下来，呈现给自己，也呈现给熟悉的或陌生的朋友。

于是，我们有幸看到了这样一篇篇精彩纷呈的美文，看到了这一套"语文大热点"美文系列图书：高方的《池鱼和笼鸟的距离》、李雪峰的《一滴海水里的世界》、王继颖的《感恩最小的露珠》、刘克升的《弱种子也要发芽》、崔修建的《向低飞的麻雀致敬》。

五位《读者》《青年文摘》等知名报刊的签约作家，多年来一直潜心美文创作，他们发表在国内外各类报刊上的美文数以千计，其中不少作品被译介到国外，他们都曾出版多部深受众多读者喜爱的畅销美文专集，有多本书成为馆配图书，或入选农家书屋和社区书屋。

这次，由中国广播影视出版社精心策划，五位作家联袂推出的这套特色鲜明、风格各异的美文系列图书，既是五位作家美文创作实绩的一次集中展示，也是进一步拓展美文写作空间的一次有益的探索，更是奉献给广大读者的一份精神美餐。

作为中考语文、高考语文的热点作家，李雪峰、崔修建、王继颖、刘克升、高方创作的大量优质美文，曾多次入选中考、高考语文试卷及模拟试卷，更有数以百计的美文入选各类语文教材和课外阅读书籍，成为众多中学生信赖的快速提升写作水平的优秀范本，在许多省、市中学生寒暑假必读书目中，经常会见到五位作家醒目的名字。

德国作家、诗人赫尔曼·黑塞曾经有一段非常值得咀嚼的感慨："当一个人以孩子般单纯而无所希求的目光去观看，这世界如此美好：夜空的月轮和星辰很美，小溪、海滩、森林和岩石，山羊和金龟子，花儿与蝴蝶都很美。当一个人能够如此单纯，如此觉醒，如此专注于当下，毫无疑虑地走过这个世界，生命真是一件赏心乐事。"

这一套美文系列图书的作家，就是如此始终热爱着凡俗世界中的美好，始终坚持倾听心灵的召唤，单纯地因喜欢写而写，无论世事如何变幻，无论际遇如何转换，美好的情怀依旧。

如是，请让我们怀抱向美之心，跟随五位作家的脚步，走进一篇篇美文打开的斑斓世界，徜徉在那一个个滋润心灵的美丽时空中，或驻足，或凝眸，或静品，或感悟，且让思绪自由飞扬，且让一颗永远不老的诗心，请出书中的无限旖旎的风光，与我们欢欣地对坐，忘却光阴无声的行走，唯有深情永驻的岁月静好。

崔修建

2020 年 9 月

目录

第一辑　　感恩最小的露珠

"每天早晨都是一个愉快的邀请。"让我们欣然赴约，照会宁静的自然与恬淡的时光，接受自然给予的感官、物质与精神的馈赠，也给自然呈上一样珍贵的礼物——我们的呵护与感恩之心。

目录

第二辑　赏心千万枝

多些引领风尚的宣传，多些适时适度的激励，多些法律法规的制约，熙熙攘攘的人，会有更多精神向上，行为阳光，如繁花一样，千枝万枝，赏心悦人。

第三辑　尘事雨滴

诸多细小的尘事，散落在平凡人间，润泽明净，恰如自然的雨滴。这些尘事的雨滴，助力着一些美好的生长——柔软的悲悯，关切和责任，坚持与希望……似新鲜的苔藓，悄然冒出，祥和的绿意，溢着生机。

目录

第四辑　　情愫绽放，生命流香

情愫暗涌的心灵，是芬芳荡漾的河。牵记与感动、悲悯与担忧、流连与感恩……情愫种种，朵朵如花，无论是对外界刺激的心理反应，还是对人对物的关切、喜爱，只要以善为源，真诚绽放，就都是生命流淌出的香。

第五辑　　春意是一颗婆娑的心

春意是一颗婆娑的心。这颗心，题写着对尘世的热爱："艳阳天气，是花皆堪酿酒；绿阴深处，凡叶尽可题诗。"这颗心，会带着喜悦婆娑起舞，让生命之树葱葱茏茏，让生活之花流光溢彩，让人生旅程花木婆娑。这颗心，即使偶有悲伤，惹得泪眼婆娑，也会化为希望的暖阳，照亮自己，温暖尘世。

第 一 辑

感恩最小的露珠

"每天早晨都是一个愉快的邀请。"让我们欣然赴约，照会宁静的自然与恬淡的时光，接受自然给予的感官、物质与精神的馈赠，也给自然呈上一样珍贵的礼物——我们的呵护与感恩之心。

云南的云

　　云南的云，描绘着宏丽的画。巨幅的画面，有时用七彩渲染，有时用洁白涂抹，有时用墨色皴擦；有时是神采飞扬的写意，有时是气韵生动的工笔，有时是通透流动的水彩，有时是立体沉着的油画……昂首静观，云的画作永远展览不完。

　　云南的云，抒写着磅礴的诗。天空文档中的诗情，一层层，一簇簇，一道道，一朵朵，高低起伏，长短错落。这一首还没读完，诗行和字句已经更新。仰头行吟，云的诗篇永远创意无限。

　　云南的云，上演着奇幻的戏。演员神通广大，镜头精彩纷呈，情节千变万化。抬眼凝望，云的戏台永远魅力盎然。

　　云南的云，将大美主题演绎得诡谲多姿。

　　昆明的滇池、石林，大理的洱海、苍山，丽江的古城和玉龙雪山……在云南，哪里的风景，都离不开满天的云映衬。云是衬景，更是主景。若非晨昏阴雨时，天空的背景色都是悦目的蓝，蓝得纯粹，蓝得透明，蓝得只有洁净空灵的白云才可与之相配。那么多的白云，模拟着各种形状，动物、植物、人物、山水……白云以万千姿态生活在天上，有时静止沉思，有时悠然闲游，有时疾速行走……在天上俯视倦了，就聚一片乌云，化身为雨。

　　云南的云以雨的姿态，跳向山脉和盆地，仿佛神奇的种子，落入高低起伏的红土。正因为天空无穷无尽的云，前赴后继化身雨的种子，云南的红土，才会生长出一个花的王国吧？北方可见的花，在云南开得洋洋洒洒；难以计数的奇葩，是北方没有的花。木棉、蓝花楹、马缨花、羊蹄甲、龙胆花、鸡蛋花、天堂鸟、滇水金凤、地涌金莲、深山含笑……千花竞放的名字，浓缩了万花争妍的场景。

　　昆明市呈贡区斗南镇，藏着中国乃至亚洲最大的鲜切花市场。玫瑰、百合、桔梗、康乃馨、非洲菊、石竹梅、满天星、勿忘我……一束一束，一捆一捆，一垛一垛，一车一车，娇香浩荡，彩云一般，源源不断地飘向全国，流向世界。

　　行在云南，除望云赏花览名胜之外，不可不访遗迹。单说昆明，云南大学老校区、西南联大旧址等许多遗迹，关联着一大批写入中国史册的文化名人。抗战时期，就像云天涵纳游云，红土迎纳雨的种子，昆明迎来了梅贻琦、张伯苓、蒋梦麟、闻一多、沈从文、朱

自清、罗常培等一大批远道而来的客人。他们在昆明躲避战火,更重要的是"导扬文化,恢宏学术",延续中国文化教育的命脉。"一时文教之盛,使昆明屹然成为西南文化之中心。"与他们有关的旧址和传奇,永远刻入云南的记忆。

云南大学老校区院内,一处由平房、小楼、回廊、走道组成的四合院建筑,中西合璧,古朴典雅,曾经是女生宿舍,如今是文学院和另外几个研究院的办公场所。这处建筑名为"映秋院",由建筑大师梁思成、林徽因夫妇亲手设计,历经八十多年风雨仍丰韵动人。在昆明,梁思成、林徽因避战乱近三年,凝聚他们匠心苦心的建筑,何止"映秋院"一处?在西南联大博物馆,"茅草屋"校舍映着蓝天白云,依然熠熠生辉。八十多年前,清华大学、北京大学、南开大学师生流亡到昆明,三校临时组成西南联合大学。三校校长梅贻琦、蒋梦麟、张伯苓担任校务委员会常务委员,实际校务由梅贻琦主持。西南联大多位教授与梁思成、林徽因交往密切。设计校舍时,梅贻琦得知梁思成、林徽因二人也流亡到了昆明,邀请他们担任顾问。梁思成、林徽因夫妇的设计方案很快做出却立即被否定,于是方案一改再改,高楼改成矮楼,矮楼改成平房,砖墙改成土墙,青瓦屋顶改成铁皮覆茅草。少得可怜的经费,让灵感一次次折翅。几乎每改一稿,林徽因都要落一次泪,为国家的苦难,为师生的艰辛。

西南联大博物馆收藏的文物中,有一份红笔批改的国文作业。千余字的《我这个人》,红笔批改勾画的地方共 40 多处,写错的字被改了过来，用词不当处被画了出来，多余的词被划掉，写得好的语句用圈圈被标示出来。作文开头这样写道："我这个人，从外形上看来，和其他的人一样，'圆颅方趾'没有什么异样，不过为的生来个子不高，从小便给人家戴上了'小矮子'这个绰号。""外形"的"形"批改为"貌"，"戴上"的"戴"批改为"加"。批改的字迹，一处一处，温和质朴中流溢着大师的气度。批改这份作业的大师，是曾在西南联大任教的朱自清。作业的主人，是已经故去的香港校友梁祝明先生。教梁祝明国文课时，朱自清已成散文大家，搞研究、做学问之外，还要承担繁重的基础课教学。大师教授对学生的细致耐心，穿过硝烟跨越世纪，到今天仍然光彩照人。难怪梁祝明先生珍藏 67 年，耄耋之年回访母校捐赠文物时，被岁月染黄的作业仍是完璧。已逝的北京大学教授、古代文学和现代文学研究的一代宗师王瑶，也是朱自清在西南联大时教的学生。

西南联大大师群像中，朱自清只是普通一员。八年抗战岁月，大师们艰辛而执着，为国育才，承续文化，服务社会，在云南播撒下优良的精神种子。博物馆所在的云南师范大学，前身就是建立于 1938 年的西南联大师范学院。云师大沿用的西南联大校训"刚毅坚卓"，已在无数人生命中生根发芽，吐香溢彩。

曾经，那些有志有识之士，因战争的烽火，云一样飘到云南，雨一般降落。血汗里浸过的风华，开出浩繁的花，升华为文化史册的祥云，在当时，为后世，酿着一场场好雨。

花迎客

  成千上万只亮紫色的蝶，展着娇俏明媚的翅膀，密密层层栖在闪着光泽的绿叶之上。初到大理古城，从洱海门进人民路，才走几步，壮观的蝶群就惊艳了我的视野。

  那是一树盛开的三角梅，依着一座二层小楼的灰墙，侧身迎向来往的游人。这二层小楼，是我们一家预订的客店。

  去洱海边，穿过才村的巷子。谁家高墙和更高的门楼上，披着一道靓丽的锦。参差有致的藤上，翠叶做底儿，千万朵橘红花绽成百十挂鞭炮的图案。巷子里静静的。噼噼啪啪，心中爆出无数串喜庆的交响。除"爆竹花""炮仗花"等形象的名字，这花还有一个寓意美好的别称——"吉祥草"。在适宜条件下，它一年四季都可开花。季季花开，四时吉祥，主人常怀希望，游人一瞥也顿生欢喜。

古城内外的街街巷巷，酒店、餐馆、商铺、住宅的门外，多有绚丽的花儿盛开：曼陀罗、扶桑、杜鹃、瓜叶菊、报春花……主人不出门，迎客的心意，自有笑容可掬的花儿传递。

景点的好客，更有花见证。袖珍的玉洱园内，各色各样鲜丽的茶花，摇曳出待客的盛情；巍峨雄壮的苍山，因一树红艳的马缨花、几树素洁的白玉兰，洋溢着无边的诚意。

田野里也随处可见笑意盈盈的花，蚕豆花、油菜花，还有一些不知名的农作物在开花。

大理少数民族聚居，其中以白族为主。白族人爱花，养花习俗代代流传。每年农历二月十四白族的"朝花节"，各家盆栽的花都摆在门口，搭成一座座小"花山"，群芳竞秀，香气袭人。

大众点评网上评价高，具有大理、南诏古国特色的私房菜馆，生意多火爆。进店吃饭，常常客满。等待的工夫，可与花儿对视。店内寻常可见各种兰：叶子修长、花如串串风铃的蕙兰，叶子肥厚、花朵翩翩欲飞的蝴蝶兰，绿叶圈白边、开紫色小花的吊兰……再忙碌的店家，也不乏让顾客欣愉的花。

离开大理那天的早餐和前一日晚饭，我们进的是同一家私房菜馆。二层小楼，几十张条桌，都铺了白族扎染的台布，图案色调各不相同，古朴、温馨、洁净。台布上都罩了透明玻璃。木质长椅座上都铺了棉垫儿，色彩搭配都是大红大绿、大黄大白，图案都是牡丹、

凤凰，喜庆、热情、温暖。

菜馆不仅布置特别，美食也与众不同。我第一次享受鲜香的茉莉花炒鸡蛋，第一次吃到缀满黑芝麻的酥香油条，第一次尝到央视美食纪录片《舌尖上的中国》介绍过的诺邓火腿。这家菜馆，竟是《舌尖上的中国》节目组采访过的店。

菜馆里盆花多且葱茏，主人们敏捷轻盈地穿梭于条桌间。晚上给我们上菜的中年男子，清瘦挺拔，衣着简朴，脸色黑红。他每上一盘菜，我们便问这问那。作为远方来客，走马观花逛两日就要离开，对当地一切仍觉得新鲜，所问不只饭菜之事。男子恭敬耐烦，礼貌的书生气，在他答笑举止间飘飞。那晚离开时，与他互加了微信。正值春节假期，旅游旺季，他少有时间闲聊，只偶尔到我发朋友圈的云南风光后点赞。年假过了，他的踪影才多起来，时不时能和他闲聊几句。

他竟是菜馆老板，20世纪70年代初，出生在南诏古国的发源地大理巍山，是南诏先民的后裔。多年在外求学工作，远离故土。因放心不下年事渐高的父母，他辞去法国拉法基集团待遇优厚的工作，回父母身边开起私房菜馆。如今，他样貌质朴得像地道的才村村民，潜涌在骨子里的智慧和儒雅真诚的气质，却随时在他行动言谈间流溢。和他交流，可以嗅到绽放着传奇色彩的生命芬芳。

翻看他发朋友圈的内容，凡·高的向日葵、杏花、麦田和乌鸦，古筝曲、提琴曲、琵琶曲、英文歌曲，皆阳春白雪。

在舍与得间做出选择，放下一些东西，他的生活节奏变了，人生也因此转弯。不做异乡异客，不做家乡外来客，在故乡的花香里，忙时迎远客，闲时陪父母，像大理随处可见的花，随心随性地怒放。

离开大理前夜，我们住在才村。洁净雅静、花木扶疏的客店内，有个来自武汉的青年义工，外表敦实、气质清雅，大学毕业后在熙熙攘攘的大都市打拼倦了，便来到美丽浪漫的大理，希望邂逅人生另一半。赏识他的房东，希望读大学的独生女毕业后嫁给他。几年后，他若做了房东的女婿，或许会毕生与苍山洱海和大理的花为伴，以大理主人的身份迎客吧！

大理几日，我幻化成一只大蝴蝶，醉在花香怡人的美景里。大理苍山索道乘坐口，人潮浩荡，一条臃肿躁动的长龙，笨拙地蠕动。治安员忙碌着，嗓音嘶哑；清洁工忙碌着，身姿疲惫。大理的游人，都是蝴蝶奔赴花海般，从四面八方翩翩而来的吧！

游人奔赴的景点，蝴蝶泉是其一。徐霞客《滇游日记》中记载，蝴蝶泉多彩蝶："泉上大树，当四月初即发花如蝴蝶，须翅栩然，与生蝶无异；又有真蝶千万，连须勾足，自树巅倒悬而下，及于泉面，缤纷络绎，五色焕然。游人俱从此月，群而观之，过五月乃已。"蝴蝶泉边看彩蝶，是热爱自然的人到此一游的原因之一。

人们奔赴蝴蝶泉的另一原因，应该与动人的传说有关。因雯姑与霞郎殉情化蝶的爱情传说，蝴蝶泉被看作爱情的幸福泉。游人至此，多投硬币到泉中，一试爱情的"运气"，希望硬币能落在渗出自岩缝砂层的泉眼之上，以见证自己对爱情的忠贞。如今，难以计数的硬币，背负着众多游人的祈望，将徐霞客笔下梦幻般青春焕然的蝴蝶泉，腐蚀得邋里邋遢现出沧桑之态。

我们来到蝴蝶泉边。徐霞客笔下缤纷络绎的蝴蝶，没有飞出一只。不知是节气未至，还是另有原因。

我痴痴地站在蝴蝶泉边。恍惚中，数不清的硬币，全化作缤纷的彩蝶，络绎起飞。多少年过去，翩翩起舞的彩蝶——那些会飞的花朵，和大理的鲜花一起，浩瀚盛开，和根深叶茂的主人一起，笑迎远客。

铺天盖地都是春天

东风吹得霾散尽。

早春之晨，明丽的天空是最具诱惑力的邀请函。彩霞是信函的背景，朝阳和飞鸟是美词妙句，金色阳光和悦耳鸟鸣都是热情的手臂，挽着在雾霾里压抑久了的身心，欢喜于生机复苏的自然。

近午的太阳，温暖膨胀。膨胀于阳光下的，是一树一树的春芽，一片一片的草色。小区内，花坛里，玉兰、丁香、海棠，一枝枝一簇簇，新花嫩叶呼之欲出。花树下，枯草间，闪烁着点点草芽的绿光。草芽是大地上的星星，用不了三五日，新绿的火焰，就会燎出一个生机盎然的春天。在屋内关了一冬的幼儿和老人，厌了雾霾天的男男女女，也如各种春芽般，让小区的院子，让街边的人行路，让公园的林间水畔，膨胀着愉悦的生机。

"妈妈，我闻到了空气的味道！"一个放学归来的小女孩儿，轻快地跑在妈妈前面，转回头，吸着鼻子，冲妈妈笑。小区院里，出来进去的人们，脸上的口罩没了影踪，本色的微笑，洋溢着新鲜空气的味道。

三个五十上下的女人，相遇在街边，驻足谈笑，是一幅温馨的剪影。听不清谈笑的内容，看得出眉目流转间，都写满憧憬。距她们不远，一对青年夫妇，抒情而浪漫地轻移着脚步。他们不时仰脸，看远处的天空，那里，几只风筝，优雅地飞。他们前进的方向，定是幸福的方向。

植物公园，牡丹园里的石径上，一个坐着轮椅的老妇人，满脸岁月的纹路里，藏满眷恋的深情。她的面前，一丛丛枯皱的牡丹枝，顶着饱满鲜艳的芽。她的身后，是推着轮椅的儿子，弯腰含笑。老人的皱纹，藏不住心中国色天香的春天。

黄昏的植物园，这边松树下，两只喜鹊，黑脊背，白肚皮，抖着长尾巴，尖着小嘴蹦跳欢呼。那边高柳上，各种不知名的鸟，憩着的飞着的，叽叽，喳喳，咕咕，啾啾，变幻着优美的舞姿，唱和出多彩的旋律。鸟儿们歌舞的背景，是硕大橙黄的夕阳。温情绚丽的橙黄，染暖了西边的天空。与西天的橙黄呼应的，是小湖里的幼鱼。不可计数的一大群橙黄，在东风撩拨起的水波下，聚成一大圈，宛如落在水中的一颗夕阳。

　　夜空明净，一弯新月，满天的星星。透过繁密起来的枝杈，仰头望，满天的星月，全是树的花朵，璀璨如一片希望的美梦。一夜几夜美梦醒来，或许，就是明天后天早晨吧，玉兰花就白了，迎春花就黄了，丁香花就紫了，桃花就粉了，牡丹、芍药就缤纷了。世界远离雾霾，铺天盖地都是希望的春天。

春阳

周日清晨，忽远忽近的悦耳鸽哨，驱散了连日雾霾在心间布下的阴影。拉开窗帘，早春透明的阳光霎时将整个卧室照亮。

窗外，是立体的巨幅图画。近处的村庄，红墙灰顶的房屋高低错落，树木泛青的枝丫自由舒展。卧在枝丫间的黛色鸟巢，历历可见。静默的鸟巢与袅袅的炊烟，衬得这城边小村生机盎然。远处的田野，被纵横交错、长短有致的土埂分成无数长方形的麦畦，一条被踩得发白的狭窄土路，由北向南，一线贯穿。麦田尽头，有彩色的高楼、灰色的公路、各色的汽车……大地上的一切，都轮廓清晰、色彩分明地呈现在金色阳光里。视野敞亮，心境敞亮，连呼吸也是敞亮的。阳光的金色，镀在房顶上，涂在枝丫上，流进鸟巢里，铺在田野上，跳跃在汽车的车头或车尾……所有的景物，都被这悦目的金色分出明暗，增强了立体感。

图画之中，最灵动的，是空中的那群飞鸟。

那是春阳下快乐的一群，忽高，忽低，忽左，忽右，忽快，忽慢，忽近，忽远。它们舞动着自由的羽翼，在村庄上敞亮的天空中长久地飞翔。数不清的鸽子，排列组合出变幻的队形，在阳光中写意着各种美丽的图案。在这变化舞动着的图案上，朝着太阳的那一面，金光闪闪，温暖明亮。一阵阵忽远忽近的悦耳鸽哨，隔着双层玻璃，不时地漾进窗子里。打开久闭的窗子，一股新鲜的气息扑面而来，阵阵抒情的鸽哨扑面而来。扑面而来的，是醒来的春的气息，是复苏的春的序曲。

从去年冬天就常常来袭的雾霾天，阴沉晦暗，能见度极低。雾霾天出门，呼吸不畅，脚步沉重，情绪低落。若逢周末，若无要事，哪个想出门呼吸毒气？然而，这样让人心朗气清的周末，即使乍暖还寒，谁也不愿再宅在屋里。

春日的阳光照遍了每一个可以抵达的角落。小区院子里，一改雾霾天的阴晦和沉寂：甬路上，颤巍巍的老太太推着轮椅微笑；健身器材区，一群孩子欢叫着玩跷跷板、荡秋千；小广场上，歌声柔美，旋律轻快，一群中年女人在翩翩起舞；花园里，鼓着小小芽苞的鹅黄柳枝变得飘逸了，冬季就在潜滋暗长的玉兰花蕾更丰盈了，枯草间星星点点的绿开始探头探脑。

　　生为大地的子民，在科技发展日新月异、工作生活舒适便捷的今天，在我们开始关注癌症村，关注造成大气污染的可吸入颗粒物、造成地下水污染的深层排污的今天，都该为这冲破雾霾的春阳庆幸！春阳唤醒的土地，又将成为一片生命的海洋，各种质地的叶之绿、花之缤纷，又将如层层簇簇的浪花一般，从根部启程，涌出地面，翻卷出自然生命的魅力多姿。

　　小城的路上，私家车汇聚着钢铁和尘烟的河流。在这河流里，偶尔闪过一辆公交车的绿影。我随意上了一辆公交车，空荡荡的车厢里，司机师傅感慨，乘客太少，每日要搭进一两百块油钱。我的住处和许多同事一样，距单位只几站地的路程，单位院子里的车位却常常爆满。为了赶潮流，爱人开上私家车后不久，我也考取了驾照，在原有的车位之外，又购买了地下车库。然而，面对雾霾过后重归人间的春日阳光与和谐春光，早已做好买车准备的我，开始犹豫：有没有必要，再拥有一辆独属于自己的汽车呢？

深山春意

一条狭窄崎岖的柏油路，向着太行山深处盘旋。一面是陡峭的山坡，另一面是蜿蜒的山涧，我们小心谨慎地在路上颠簸，偶遇错车，提心吊胆。

却还是让开车的爱人在略宽些的路边停了车。

方才，车大蜗牛般载我们爬行，一路上，新绿皴染、山花点饰的峭壁殷勤相迎，热情相送。各色山花中，最繁盛、最惹眼的，是一种灌木的白花。繁密的白花，缀于从高高低低的石壁间探身而出的枝叶间，像深山绽出的微笑，晶莹素雅，纯净真诚。

我怀着强烈的愿望下车，近距离欣赏这不曾相识的白花，这绽放着白花的灌木。白花似桃花杏花大小，每朵五瓣，花瓣质地如小

粉蝶的白翅，长圆略弯，亮出迎风起舞的美姿。花蕊两色，洁白圈着娇黄，是花的点睛之笔。花们栖身的灌木，叶子椭圆，对生，边缘有细小的锯齿，每一片都嫩绿精致；枝杈坚韧舒展，新枝赭红，老枝灰褐；根扎进峭壁的石缝。由低而高、由近及远地注目它们，这两株，那几丛，多是从石缝间探身出来，笑出温婉的绿，明丽的白。

我站在路边，俯仰看花时，凉凉的风挟着清淡的香，一缕缕融入鼻息。

我用手机拍了白花灌木的照片发在微信朋友圈，瞬间有朋友评论报出花名：大花溲疏。花名如此奇特，百度搜索，"溲"意为小便，"疏"意为疏导顺畅，"溲疏"是利尿之意。以"溲疏"为名，因其根、叶、果皆可药用，清热利尿是其主要功效。这种植物，多生于海拔 800 ~ 1600 米的丘陵或山坡灌木丛中，对土壤要求不高，喜光，也耐阴，耐旱，耐寒。

心底里，漾出无限感动。大花溲疏温婉的绿、明丽的白、清淡的香，不正是忍耐过后胜利的颜色和气息吗？

曾经的初冬，我望着崖壁上过早枯槁的荆棘，叹惋大山的贫瘠和萧索。春末此时，暖意融融的平原，芳菲的主力部队已浩荡开过，寒意犹存的深山，春风才曲曲折折地进来。春风一呼唤，花叶便醒来。新绿一片片敉染，山花丛丛簇簇点饰。满山新绿间，除了洁白素雅的大花溲疏，还有红的桃花、粉的海棠、紫的丁香，以及各色各样的草本花，全都绽放成深山的微笑，笑出胜利的颜色和气息。这些春花，虽迟开了些时日，却从从容容，蓬蓬勃勃，不逊平原花的美丽芬芳。给我一道岩缝扎根，还你一片生机明媚的春意。望着山坡上的大花溲疏，望着满山微笑的植物，不由得叹服生命的坚忍和奇丽。

路过几个散落在大山深处的山村。村边所见，有推着独轮车的瘦小老翁，有背着柴筐的驼背老妪，有点播种子的高大结实的壮年男子……石头砌成的房子和院墙，虽低矮简陋，却整洁漂亮；这一条儿那一块儿各种形状的田，平坦松软，围着田的树枝栅栏，齐刷刷地好看。深山交通不便，物资匮乏，石多土少，盖房子就地取材，有一寸土就辟出自给自足的田来。房屋院落平畴，是山里人自力更生的勤劳坚忍绽放出的另一种春意。

谷雨前，山里的友人，请他父亲帮忙上山掰了一大纸箱鲜嫩的"木兰芽"，托人捎到平原给我尝鲜。那木兰芽，焯水泡去苦味，切碎凉拌、炒肉、炒饭、做馅，不仅清香可人，还能清热解毒，强筋壮骨，增进食欲。一路上，我一次次向山上仰望，寻找生过"木兰芽"的灌木，想象一位老人怎样爬上陡坡，拨开荆棘，为我掰满整整一箱绽放着深山情味的鲜美春意。

山路难行，车少人稀，岔路难辨，我们没有抵达想去游赏的景点。返程时，我却满怀感激，觉得带回了满身满心受用不尽的深山春意。

感恩最小的露珠

寒冷的藤蔓生得太长，春天的脚步，被缠绊得蹒跚。延迟的花期，盼得人心急。收到徐迟译的美国作家梭罗的《瓦尔登湖》一书，恰恰是此时。一页页翻下去，恬淡而芬芳的句子，和风暖阳一般，拂洒进忙碌时光的缝隙，原本焦躁的心渐渐清宁。

梭罗短短44年的一生，简单而又孤独。他生命的馥郁和精彩，离不开瓦尔登湖的润泽与滋养。1845年到1847年，梭罗独居寂静的瓦尔登湖边山林，在自己盖起的简陋木屋中，观察着，倾听着，感受着，沉思着，梦想着，记录着。两年多的时间，他享受着大自然的丰厚馈赠。

时光缓缓流淌，风景一幅幅变换。"湖是风景中最美，最有表情的姿容。它是大地的眼睛。"他与这湖的明眸对视，春天，看野鸭和天鹅在眸中清晰的倒影，看白肚皮的燕子掠过这眼波。夏天仿佛圣洁的仙子，摇摇摆摆走在石头湖岸上。清晨，草在生长，鹰在盘旋，鸟在欢唱，梭罗坐在阳光下的树丛中，读书，写字，或凝神沉思，享受无边的寂寞与安宁。赏过红枫，采过葡萄，11月，太阳成了湖上的炉火，晴和的秋天，他曝日取暖。冬日的北风把湖水吹结，冰块覆住美丽的鲈鱼，他便在木屋内升起炉火，用灯火把短暂的白昼拉长。

四季的变换中，梭罗与禽兽为邻，与草木为伴，与湖同床共枕。他锄地、种豆、耕耘，却不在意收获多少，"为稗草的丰收而欢喜，因为它们的种子是鸟雀的粮食"。欣赏着最珍贵的风景，他成了伟大的诗人，把田园押上了韵脚。

湖水的纯洁，山林的繁茂，描绘细致，形象优美。梭罗俨然一个技艺高超的油画大师，潜心透视着时节变幻中的每一物每一景，笔触所及，都描摹得栩栩如生。明朗无边的自然，是这一幅幅油画的背景，沉静地陶醉于油彩般的文字里，宛如在缤纷的自然画廊中进行着一次精神向上的光阴之旅。

置身自然，梭罗对人生，静静思考和分析，深入探索与批判，他振奋着，阐述人生更高的规律。传神的描摹中，不乏透彻精辟的说理，启人心智。如：地球，"不是一个化石的地球，而是一个活生生的地球。和它一比较，一切动植物的生活都不过是寄生在这个伟大的中心生命上"，"尽管贫困，你要爱你的生活。生活得心满意足而富有愉快的思想"。

掩卷之时，满眼春花次第开。"一场柔雨，青草更青。"在这迟来的美景中，静静品悟："就像青草承认最小一滴露给它的影响"，我们也应感恩最小的露珠。"每天早晨都是一个愉快的邀请。"让我们欣然赴约，照会宁静的自然与恬淡的时光，接受自然给予的感官、物质与精神的馈赠，也给自然呈上一样珍贵的礼物——我们的呵护与感恩之心。

人情草

生在田间地头和路边的野草，一旦与人有了关联，便易识易记，蓬勃着清新的情味。

淡绿或暗红的茎，对生的扁平绿叶，袖珍的黄花，比芝麻粒儿还微小的黑子。这种野草，即使被其他杂草遮蔽着，只露一茎一叶或一花一子，我也能立即呼出它的名字。

幼小时，我背着筐，跟随邻家三奶奶，去玉米地里打草。似乎是仲夏，一行行玉米，开了花结了实，正向着成熟的秋天生长。三奶奶黑而瘦，花白干枯的头发，脸上手上漾满岁月吹皱的波纹，牙只剩下几颗。她苍老而挺拔，像深秋被收去果实的玉米秸秆。一种红茎绿叶的草，躲藏在玉米植株下，新鲜娇嫩，楚楚可人。"马食菜。"

三奶奶蹲在筐边告诉我草名，声音沧桑而饱含温情，微笑的波纹在她脸上漾动。我把这美丽的草连根拔起，手感微凉，心中有清冽的欢喜。

野草"马食菜"，可养活马、羊、猪等牲畜，也养活过穷人。20世纪60年代初，三年困难时期还没结束，六姨、舅舅尚未出生，姥姥已经生出五个女儿。姥爷在外工作，姥姥负责地里的农活，太姥姥在家守灶台带孩子。那么多张嘴，偏偏粮食奇缺。我母亲排行老二，比起同龄人，个子高力气大，因为穷困辍学时，才十三岁。野草生长的季节，母亲每天背着筐在野外寻觅。多年后，母亲感慨，那时候，马食菜真多啊，似乎就是来救人的，那么多人挖，竟挖不绝。太姥姥把母亲打回的马食菜洗净、焯水、剁碎、攥团，裹上薄薄一层玉米面，放在大锅里的蒸屉上蒸熟。根据劳动强度和个头大小，太姥姥把菜团子数着数儿分给一家人，分到最后，常常少了自己的。

沧海桑田，生活改善。我十岁时，家里的老宅卖了，再也没养过猪。搬进新房大院，我再没去地里打过猪草。院子里种黄瓜、种花草，院墙外种一大片蔬菜。花草蔬菜间，这一丛那一簇，蓬勃着马食菜。母亲偶尔掐几把，做给我们吃。

富足年代，以马食菜为代表的野草，为什么还偶尔做客乡村儿女的餐桌？用"忆苦思甜"作为答案，恐怕太过于轻描淡写。焯水后的马食菜，完全失了长在土地上的光鲜，瘪塌塌的，颜色暗得发黑，凉拌、做馅、摊坨子、蒸菜团子，味道儿都略带着酸。对我们这些饱食无忧的孩子来说，马食菜实在不是什么美味。我从母亲絮叨的往事中知道了它们曾与人的性命休戚相关，虔敬之意从心底生发出来。

一年盛夏，母亲冒着酷暑，虔诚地掐了一大盆鲜嫩的马食菜，端到水池边洗了一遍又一遍。母亲要请客。待客的餐桌上，没有山珍海味，连鸡鸭鱼肉都没有，马食菜是主角，菜是凉拌马食菜，主食是马食菜饺子。那是热情好客的母亲最清简又最用心的一次宴客。客人是四姨父，四姨来作陪。四姨父那时上班忙，吃饭没个准点儿，患了慢性胃病。母亲不知从哪里打听来的偏方，说马食菜可以治胃病。

工作后，读到一篇短文《马齿苋》，才知道"马食菜"是我家乡人对"马齿苋"的俗称。马齿苋"能当菜，又能治病"，短文中只提到一句。我的好奇心却如雨后马齿苋一般，焕发出无限生机。更多的文字，借助时光的土壤，和我亲历亲闻的往事衔接起来，让记忆的叶子，有了历史的根茎。

宋代苏颂主编的《本草图经》中记载："马齿苋，又名五行草，以其叶青，梗赤，花黄，根白，子黑也。"远古洪荒时，五行大师与坐骑神马，化人形降落久旱人饥的灾荒之地。大师从神马嘴里敲下一颗带血的牙齿，挖坑埋好，默念咒语后化风而去。埋马牙处，生出野菜来，白根，红梗，绿叶，开黄花结黑子，越长越繁盛，救了饥民。被救的人们，因野菜有五色，是五行大师所赐，称其为"五行草"；为纪念献出牙齿的神马，又称其"马齿苋"；因野菜久晒不死，耐旱耐涝，生命力极强，又叫它长寿菜。

马齿苋得名的传说，虽是现实的土地升腾到空中的云朵，但毕竟带着神秘的仙气。记载才是雨，实实在在落在人眼底心上，润泽可信。关于马齿苋，明代医学家兰茂在《滇南本草》中写："益气，消暑热，宽中下气，润肠，消积滞，杀虫，疗疮红肿疼痛。"唐代医学家陈藏器在《本草拾遗》中写："人久食之，消炎止血，解热排毒；防痢疾，治胃疡。"历年各地本草类书籍，记载马齿苋功效之多，难以列数清楚。

马齿苋穿越历史的长路繁茂至今，在杂草中能被我和众人一眼识得，瞬间唤出名字，绝不仅仅因为它肥厚鲜嫩的茎叶与众不同，更多的原因，是它扎根的时光厚土，积淀着追溯不尽的人情肥。

清凉百里峡

从北京驱车向西南行两个多小时，便来到太行山和燕山山脉交汇处的百里峡景区。

下了车，城里带来的暑气顿时被清爽的山风拂去，微凉袭身，清新的气息直入心脾。抬眼望，青峰绿峦，白云蓝天，目之所及的色彩，都明净如洗。初相见，便深爱上这些纯美的颜色，想掬一捧在手里。

词典中"峡"的释义是："两山夹水的地方。"进入曾拍摄《三国演义》"空城计"外景的正门——一座巍峨的仿汉城堡，立即置身于立体的"峡"中：两边峰峦攒簇，耳畔水声潺潺。沿着平整的石子路向峡谷里走，一线清流伴在右侧。溪岸是石，溪底是石，涟漪层层，右侧岸上芳草菁菁。峡谷间恣意流淌的涓滴，本是一群散

落的音符，被人工的匠心汇聚成一条清渠，音符便谱成一支古朴的乐曲，轻缓悠长，淙淙成韵。心情也如溪流一般，清宁欣然。

经过第一段峡谷"蝎子沟"边的"仙官指路"景点，前行左转，便进入海棠花遍生的中间一段峡谷"海棠峪"。路越来越狭窄，两侧丛峦万仞，直插云天。幽深的峡谷中，有曹操败经的"华容道"，庞统魂销的"落凤坡"，两处外景，引发怀古的幽情，峡内更添了缕缕凉意。海棠峪内步步是景：波痕起伏的"拦路石"，奇险的"老虎嘴"，怡人的"爽心瀑"，狭之又狭的"一线天"，惟妙惟肖的"回首观音"……移步换景，目不暇接。"双崖倚天立，万仞从地劈"，窄涧幽谷，天光一线，真如郦道元在《三峡》中所写："自非亭午夜分，不见曦月。"炎阳透不进，只管尽情享受新鲜的凉意，哪里还怕外面的高温？

踏着人工辟出的道路，穿行于峭壁陡崖间，听鸟鸣，看美景，戏飞泉，并无危险之感。每走一段，就看到一个高出路面的巨大石洞，洞口有温情提示：游人避险处。山间阴晴不定，途中遇雨，便可进洞躲避。

不知不觉来到天梯栈道前。钢架与木制踏板建成的台阶路，悬于陡坡之上，两旁枝叶繁茂，阶下碧草青青，不破坏一点儿植被坡皮。台阶上记载着公元前841年以来的历史事件，慢慢走上去，仿佛乘扁舟进入历史的长河。几步一停，在绿的淡香中默然怀想，胸怀间便有了金戈铁马，翰墨芬芳。攀上峰顶，山风习习，放眼四望，体验到"会当凌绝顶，一览众山小"的豪迈情怀。下天梯时，几步一回望，像是回首身后的历史。上下走过2842级台阶，追溯了2842年的历史，精神获得少有的睿智和宁静，股股清凉由身体透入灵魂。

脚又踏在修建平坦的路上，看着前方供游人避险的山洞，回味一路奇峰胜景，幽泉鸟语，遥想郦道元登山之艰，咀嚼"巴东三峡巫峡长，猿鸣三声泪沾裳"的凄凉，感受到古人忧惧峡险与今人乐享峡幽的迥然。千万年的地质作用，造化神工呈给我们的只是一块块璞玉；匠心独运的当代建设者们，荆棘中辟路，奇险中布景，汗水和智慧里浸着无尽人文关怀，将可畏的自然琢成完璧，我们才可在酷暑炎夏，安然入山，静享一片美妙清凉。

情牵梦萦朝颜花

秋日曙色中，凋败的紫薇，一树一树，斑驳萧索。你拨开低矮的草丛，探身攀牢紫薇的干，牵枝萦叶，缠缠绕绕间，成千上万朵，深蓝胭红，明艳妩媚着。

你是露珠洗涤的清鲜诗意，是暖阳绽透的迷人笑靥。"竹引牵牛花满街，疏篱茅舍月光筛。"你从古朴靓丽的宋词中蔓生而出，翠叶菁菁，花颜盈盈，在街心广场的栏杆内，随风蹁跹，曼妙动人。

公鸡才啼过头遍，晨光的眼还蒙蒙眬眬，你就吹出一朵朵俊俏的喇叭。人们亲切地送你一个俗名"勤娘子"。牵牛花、牵牛、喇叭花……在你众多的名字中，最惹人喜爱的是"朝颜花"三字。朝颜花——轻呼浅唤，天蓝云淡，阳光如静水深流，鸟鸣宛转，让人心朗气清。萧瑟凉秋的朝颜花，繁星般点染，引人遐想早春的水净山明，眼前似有鳞浪层层，晶然如镜，冷光出匣，晴雪润山，娟然如拭，鲜妍明媚，如倩女净面初梳髻鬟。

朝颜花一朵朵，是谁伫立秋晨，明眸炯炯，浅笑醉人？

乡村的黎明，篱落疏疏，藤牵蔓绕，碧叶映衬红喇叭。梳着羊角辫的女孩儿，捧一本书，坐在篱下，朗朗地读。清苦的童年，朝颜灿烂，向上的憧憬，梦一样斑斓。

城市的校园，一根长绳，将几根藤蔓，牵引到传达室窗前。从清晨到中午，绿叶织就的幕布上，红与蓝相映生辉，是一场美丽在悄然上演。看门老人沐着暖暖的秋阳，执一根旧日光灯管，蘸了清水在水泥地上写写画画，丹青妙笔，便从湿湿干干的水渍中脱颖出来。

朝颜花开，也与名家结缘。著名京剧表演艺术家梅兰芳钟爱牵牛，因它大清早开花，常与它比谁早。梅兰芳总是抢先一步，早起锻炼身段。朝颜朵朵开，他俯身闻花，被朋友看见，说他像做"卧鱼"的身段。梅先生受到启发，用心揣摩，反复研究，终于在《贵妃醉酒》中使贵妃赏花的"卧鱼"身段更加完美传神。文学大家叶圣陶也极喜牵牛，将它们种在庭中十来个瓦盆内。庭中从此成为先生心情牵系的所在。朝颜明媚，先生想着它们夜以继日向上的功夫，小立静观的片刻，与看不见的"生之力"默契，相看两不厌，浑身充满无穷的力量。

鸡鸣即起的朝颜花，不择环境，不畏荆棘，攀援而上，寒凉秋意中，仍有催人勤奋、励人前进的高贵气质。若能学得朝颜花，情牵梦萦地奋发与执着，萧瑟的秋之黎明，也会绽放千万朵晶莹璀璨，明艳美好，绚丽迷人。

与古井重逢

让苏州润泽灵动的风物，是水。一道道河，或宽或窄，纵横古城，贯穿新城，织出江南丝绸般清丽柔婉的风韵。大大小小的园林，亭台轩榭、假山石头、花草树木等能永葆明媚的生机，也离不开池沼与河道内的水。

游苏州，和水相关的景致，我注目最多。于是，与阔别多年的古井，一次次重逢。

拙政园远香堂东南角，一只青石高腰井栏圈上，鲜明的绿漆把题刻的文字送入我眼帘，"玉泉"二字，最为醒目。玉泉，是青石圈下古井的名字。

拙政园最早的主人，是明代王献臣。他是弘治进士、嘉靖年间

御史。明正德四年（公元 1509 年），王献臣仕途失意，归隐苏州，
买址建园。园子的命名，借用西晋文人潘岳《闲居赋》中"筑室种
树，逍遥自得……灌园鬻蔬，以供朝夕之膳……此亦拙者之为政也"
之句意。王献臣自喻"拙者"，欲把浇园种菜作为自己的"政"事。

拙政园建成，耗时 16 年。园子建成不久，王献臣去世，其子一
夜豪赌输掉园子。朝代更替，园主屡换，时至当代，拙政园成为国
家 5A 级景区。几百年间，想必修缮扩建、景物更新也历经数次。建
园时留下的原物，为数已稀，据多方考证，玉泉古井算其一。

明代著名画家、书法家、文学家文徵明，受聘参与了拙政园的
蓝图设计。青石井栏圈外壁上的"玉泉"二字，以及题词和诗，正
是文徵明的手笔。从题词可知，井水清而甜，堪比京师香山的玉泉，
便以"玉泉"作为这口井的名字。

玉　泉

曾勺香山水，泠然玉一泓。

宁知隔瑶汉，别有玉泉清。

修绠和云汲，沙瓶带月烹。

何须陆鸿渐，一啜自分明。

拙政园初建成，主人少不得邀约雅人墨客游园品茗，第一个高朋，
必是大才子文徵明吧？几百年后，吟诵他这首五言律诗，仍感觉清

澈入目，清甜入口，清越入耳，清馨沁心。

香山玉泉的水，清湛如玉，泠然作响，舀取浅尝，经久难忘。遥遥远隔，怎知园内井水如香山玉泉般清洌呢？小小的一眼井，幽深的水中，徘徊着白日的天光云影，夜晚的皎皎明月。放下长绳，汲井水烹茶，云和月的清香，似乎也氤氲在茶香里。不必烦劳唐代陆鸿渐之流的"茶神""茶圣"，轻轻啜饮一口，醇美的滋味，已回味无穷。

玉泉井中的水，多少次烹茶待客，无从查考。可以想见的是，作为生命不可或缺的饮用水源，井水源源不断地被汲取，拙政园第一任主人王献臣，才能继续做浇园种菜理"拙政"的归隐之梦；后来园子里的主人们，才得以繁衍生息，传承邀客赏景品茗的雅趣。玉泉井几百年的主要功用，和我故乡的那口古井，别无二致。

我的故乡，在北方一个小村庄。村中央高坡上，曾坐落着生我的老宅。宅院东西各一扇门，东门和邻家相连，出西门下坡，向北行百米，再向西行几十米，便来到那口古井边。石砌的井台，略高于地面。灰褐的三条腿儿木质支架，支撑起灰褐的木质辘轳头，辘轳头上缠绕着灰黄粗长的麻编井绳，井绳末端拴着一只灰黑湿润的铁桶。这架古老而结实的辘轳，稳立于井台上，护着井口，迎候乡亲们。

那时，一个村子的人，都靠这口古井取水。乡亲们弯腰立于井边，手握着辘轳把，吱吱呀呀，摇动不息。清洌甘甜的水，源源不断地跳出井口，哗哗啦啦跃入各家各户的桶里，跟随一根根扁担，蹦蹦跳跳回到村子各处的家中，再哗哗啦啦跳进各家各户的缸里。缸中有水，再清简的日子，也得以滋润延续。

辘轳把，是我故乡小村的名字。或许，为村子命名时，先人也颇费脑筋，联想的翅膀，曾掠过小村每一样熟悉的事物。站在井边汲水时，手摇略略弯转的辘轳把，先人欣然而喜：村子的形状，不就像这辘轳把吗？辘轳摇动不息，水源源不断，村人代代繁衍，村子就永远有生命力。想象中村子得名的情景，洋溢着家乡前辈与井的深情。

那时候，自然与人，彼此信任，两好无猜。古井做过见证。井口敞开，日夜朝天。日光云影落入井里，星星月亮落入井里，人语鸟鸣落入井里，幽深的井水泛着清凉，将落入井里的一切迎入大地的怀里。偶尔有几片叶子飞进去，大地也不会怀疑，那叶子上附着什么杀虫剂；叶子随井水跳入谁家水桶，桶主人若无其事将叶子捞出，顺势蹲下去牛饮个淋漓。浸泡过叶子的井水，一如既往清冽甘甜。井水被挑回家，凉饮热饮，煮饭炖菜，自口中流入乡亲们的血脉，赢得了百分百的信任。

故乡的这口古井，关联着我最早的记忆。大概是夏天，我跌进泥坑，弄得满身污秽。母亲提了大盆，拉我到古井近旁，打上清凉的井水，给我冲洗干净。姐姐还没上中学，弱小的肩还稚嫩得很，就到井边去挑水，回家时，噼噼啪啪，晃落一路稠密惹眼的水迹。

开始帮家中挑水，曾是孩子成长的标志之一。大人们挑水，水也会晃出去，只是那水迹，小而稀。东邻去井边挑水，必路过我家院子。我家院里隔三岔五现出的一道水迹，就像邻居放下水桶和我们招呼时，从空中落下的那一串笑语。村内的水迹，长长短短伸向各家，像一棵大树的枝丫，那口井是主干，树根则是牢扎在大地深处的井水。村里人，是枝丫上的叶子，因了井水，才得以发芽滋长，走过生命的四季。

在我还没学会挑水的年纪，随着改革浪潮的涌入，村里乡亲日渐富裕，井也雨后春笋般在各家各户冒出来。先是压水井，再是泵井，井越打越深，水越来越浑。如今家家通了自来水。村里的自来水和城里的一样，常常含混着消毒粉浓稠的乳白和复杂的滋味。村里人也变得和城里人一样惜命，饮用自来水公司消毒处理过的地下水，仍然小心翼翼，疑虑重重。很多城里人家，在厨房安装了净水设备，自来水经过再处理，才能入得了主人口。故乡小村的那口古井，连同人与自然的彼此信任，被掩埋在旧时光深处，与村子同名的辘轳把，再也难觅影踪。

到苏州，在拙政园邂逅"玉泉"，在木渎古镇邂逅"洞井"，游过很多名胜古迹，一次次与古井重逢。一口口古井，都和玉泉一样，井口用金属网封着，网上落叶斑驳，网和落叶的缝隙下，一汪汪污水，浑浊无光，像一只只失明的眼睛。苏州的古井，和埋没在八方大地上的古井一样，早已丧失实用价值。只是苏州的古井略为幸运，

成了名胜古迹内的标本，被赋予了景观价值和历史价值。

在同里古镇，进入水利展示陈列馆院内，见一口古井，生满青苔的古旧辘轳，歪斜立于苔痕斑驳的井台上。我站在井边，轻轻握住粗糙弯曲的辘轳把，摇动几下，故乡小村的旧光阴扑面而来。吱吱呀呀的声音，混杂着我与同里景区内洗菜老人的对话。

"老伯，河里的水没有污染吗？"我问这话时，老人手里的蔬菜，正在流水中舞蹈。

"什么是污染？……"

苍老的声音，落入清澈碧蓝的流水。景区内的流水，经过了治理。我想起故乡的近邻——规划建设中的雄安新区。承载着千年大计的新区工程，水系治理和生态环境修复正在进行。故乡的水系和环境，也在治理修复的进程中。

恍惚间，老伯手下的水流，流向我的故乡，流向相比古井时代自然与人彼此更加信任的未来。

门前写意

　　两只鸟在北窗外嬉戏，清脆的欢喜漾进屋里。鸟鸣的序曲，拂醒梦的窗幔，拉开崭新的黎明。

　　北窗下，楼房单元门前，住宅小区的绿肺，是鸟们的家园。草青翠，树葱茏，季节虽至中秋，草木仍保持着盛夏的丰盈。青砖甬路，在草坪上铺展出一块璧，一面扇，一条飘带。青石砌岸的水道，浅波回环，让人联想起曲水流觞的雅事。朝阳挥动着无形的画笔，饱蘸了金色晨光，在草青、砖石青和水清的背景上，渲染着高低错落的树影，绘就一幅立体的图画。

　　草坪上的树，不下百棵。外围的树健硕，国槐、杜仲、法国梧桐，临着东西的车行道和楼下的人行道，若非叶落的冬天，都撑着结实的绿伞；里面的树秀美，垂柳依依，四季婀娜；玉兰、丁香、樱花、海棠、琼花，春日张扬过诱人的花色，摇曳过浓的淡的香，曾惹得蜂蝶翻飞，众鸟唱和，繁华逝去，归于平淡朴素，却也别有一番风韵。

旭日升，清风起，光影移。明与暗，静与动，画面多姿，浑然天成。清晨的画幅，因了鸟鸣和人影更加鲜活灵动。

最欢实的鸟要数麻雀。三五结伴，叽叽叽叽，倏地从树上落入草丛，追逐一会儿，又扑棱棱箭一般射向树冠，瞬息无踪。随着叽叽叽叽的旋律，几片树叶，欣然起舞。

一对花喜鹊，站在最高的国槐树梢，喳喳喳喳，蹦跳相随。穿越早春的阳光，衔来干树枝在这棵国槐上搭建爱巢的鹊夫妻，就是它们吧？也或许，它们是春天爱情的结晶，是夏日勤奋试翼、稚声学唱已长为成鹊的小儿女？

树叶间，还透出婉转的莺鸣，透出不知名的鸟的吟哦。曾见一只戴胜鸟在清晨的草坪上踱步，墨色长喙弯而细，金色羽冠饰着黑点，颈部腹部的羽毛赭黄，像舒适的衬衫，背部尾部的羽毛布满黑白花纹，像时尚的披风。靓丽的鸟被草绿烘托着，更加精致而神气。

鸽群和燕阵，在高树的上空翱翔，忽高忽低，时远时近。鸽子咕咕，燕子呢喃，声音和畅，落在门前，化作金色阳光。

最先走出单元门的多是老人，他们走进草树间，走在璧与扇上，走在飘带上，走在悦目的熹微晨光和曼妙的婆娑树影里。上百户人家安居于这栋楼内，其中有二十多位老人。六七十岁老人的步履依然稳健，包括那位患过脑血栓的大叔。大叔侧着身子，挂着拐杖，嗒，嗒，嗒，嗒，和着鸟鸣，在甬路上行走。他衣装洁净，目光淡定，神色中看不出半点颓唐。步态蹒跚的八九十岁的老人，一单元的老阿姨推着带轮子的座椅，推一会儿坐一会儿。她红衣白发，总笑眯眯的。四单元的老爷爷已经九十岁，皮肤松弛，皱纹下垂，行动迟缓，却腰板挺直，嚓，嚓，嚓，嚓，每天用脚步在门前丈量。有着十八栋高楼的小区，每一条甬路他都走过很多遍。他还三番五次骑着三轮，载着小他几岁的老太太，驶出小区，去小区大门前的植物公园，看草看树，看假山碧水，看一季一季的花开，看一群一群晨练的人。他熟悉小区和植物园的每个角落，就像熟知居住的楼内所有小孩的名字：尉迟锦泽、金圣瑶、贝壳、珍珠、元宝……

上午、下午或晚上，伴着有节奏的鸟鸣或虫唱，孩子们在单元楼门前跑啊，跳啊，笑啊，唱歌谣，背唐诗，像一群撒欢儿的鸟。

我置身门前的画幅中，想童年旧屋的门前。一条窄斜不平的土路，紧邻一个大坑。坑中常积雨水，淹过邻家的孩子。相比于园艺师设计布景、精心管理，招蜂蝶、引鸟雀的小区绿肺，坑边的杨、柳、榆、槐，都和野草一样生得杂乱。密密麻麻的丑陋黑虫，蠕动在歪曲的榆树干上，每每吓得我心惊肉跳，撒腿逃跑。树上的鸟雀不多，见人也多畏怯。一棵高柳，树干上裂着一块枪疤，是老叔入伍后探亲时练枪法留下的。老叔在家时没少挨饿，入口的美食不多，其中包括地里的野兔、树上的麻雀。奶奶三十多岁病逝后，无数个黎明，爷爷风雨不误从门前出发，推一辆独轮车，到村西大清河里打鱼捞虾谋生，艰难拉扯大四个孩子。爷爷七十三岁离世前，弯腰驼背，咳嗽气喘，在路上趟过无数泥泞的腿，疼痛得厉害。屋后的太姥姥，守寡五十多年，在数不清的晨光里，坐在门前，痴痴地盼孩子们回家，思念的目光，越过土路大坑。在我印象里，晚年的她，裹着一双小脚，连小村都没走出过一回。

童年门前的画面，即使在新阳初升的春晨，也古旧苍凉。

坑边的羊肠土路，逆着与时俱进、勤奋追梦的足迹，蜿蜒进遥远的记忆。

小区门前，与植物公园相邻的世纪大街，平坦的柏油路上，行驶着我宽阔的中年。自驾车从小区出发，只需一两个小时，向北可到北京，向南可到石家庄，向东可到廊坊，向西可到太行山脉任意一处风景区。若想远游，乘高铁或飞机，只需几小时，就能抵达天涯海角，饱览异地风光。故乡的母亲，年近七旬，与共和国同龄，旅游的足迹已达北戴河、百里峡、崂山、九华山、海南岛等名胜和北京、南京、西安等历史文化名城。

如今，现实的岁月静好，梦想的诗与远方，都在门前。

第 二 辑

赏心千万枝

多些引领风尚的宣传，多些适时适度的激
励，多些法律法规的制约，熙熙攘攘的人，
会有更多精神向上，行为阳光，如繁花一
样，千枝万枝，赏心悦人。

富贵心

她是特意坐到了离我最近的位子吧？

听课过程中，我偶一回头，就瞥见她润泽含笑的眼。

听课结束，我刚一转身，就迎来她温暖和煦的脸。别的老师陆续离开座位，走向视频教室门外。她已从座位上起身，却不急着离开，笑意盈盈地站着，距我不足一米。

"王老师，谢谢您！"

她突如其来的感谢，让我一头雾水。来这所学校听课，已有十余回；这位语文老师，见过不止一次。然而，我既没听过她的课，与她也并无交集，且根本不知她的名字，她缘何谢我？

"我们班那个孩子的家长，让我转达对您的谢意。也感谢您对我工作的支持。一直想当面致谢，今天终于有机会了。"

说这话时，她声调不高，微笑隐去，从心底浮出的真诚，洋溢到脸上，有如浮动的暗香。记忆中沉睡的一个细节，被面对她的这个瞬间唤醒。

几个月前的一天，几个微信好友在朋友圈转发了同一条筹款链接。一个九岁男孩儿的父亲患了绝症，昂贵的治疗费让本不富裕的家庭负债累累。几个好友，都是这所学校的老师，她的同事。常见类似的筹款消息，验证无误后，也常点开捐出一点点心意。许许多多人的心意聚在一起，于那昂贵的治疗费来说，也不过是杯水车薪。但那毕竟是一丝希望，饱浸着尘世的关切，多少能给绝望的清寒之家注入一缕暖意。和一个转发链接的老师交流，确认了消息属实，并得知患病父亲是他们学校一位家长，那个九岁男孩儿在他们学校读四年级。男孩儿的班主任，除了带头儿捐款，还请同事朋友和其他家长帮忙转发链接，给男孩儿父亲筹款。交流结束，我发了个红包过去，请那老师转发给孩子班主任。转去的，也照例只是一点点关切之意。第二天就收到微信回复，说班主任已收到且将我的心意转达，并转达了班主任和家长对我的谢意。

原来，站在我面前道谢的这位老师，正是九岁男孩儿的班主任。

我问男孩儿父亲的病情是否有好转，她的神色变得黯然，声调更低，话语中流露着怜惜和无能为力："情况不好。孩子还这么小，真让人心疼……"

"王老师，再次感谢您！我先回去上课了。"

看着她的背影，生活中的一些人，风一样在意念中闪过。某个瞬间，他们呼啸而来，为一己之事求助于你，那谦卑虔敬之态，让你连婉拒的心也难起。也不是什么大忙，于你恰又是举手之劳，于是热心出手，即使正处于百忙。事情解决，他们绝尘而去，从此难见影踪。人海中再邂逅，那淡然冷漠之姿，仿佛从不曾与你相识。

遇病苦贫困而生慈悲，为助他人求助而知感恩。这位语文老师，或许业务能力尚不算出类拔萃，一颗温良清香的富贵心却丰茂动人。富贵的心树结出的种子，落入患病父亲的九岁男孩儿的心田，落入更多孩子的心田。一些富贵的芽儿，或许就发出来，并且舒展成慈悲的干，温暖的枝，感恩的叶子，结出一颗颗富贵的心。

草本的美好

"美好不是这世界的本质。要想写出水平,你得写人生的苦痛、现实的无情……"回想着朋友对我写作提出的"忠告",任一骑记忆的奔马,载我重返生命光阴的来路。

人生的苦痛、现实的无情,我都曾经历,隔了几月、几年,甚至更长的时间,它们的影子依然清晰。因为生活的烦恼,我曾独自彷徨在冬夜的冷风里;我去陌生的都市,光天化日钱包被偷,钱卡证件瞬间全无,无助与怨恨齐生;我也曾被贫病缠身,困苦无奈,希望渺茫……它们是丑陋的毒树,是扎人的荆棘,挂着醒目的警示牌。回忆时再见,我匆匆瞥一眼牌子上的警示语,便打马扬鞭飞驰离开。

人生的原野上,除了丑陋的毒树,苦痛的荆棘,也有良善的嘉木,

还有更多草本的美好。那些草本的美好，经过时悦目赏心，回忆时无数次再见，我仍愿下马驻足，甚至俯下身来，近乎贪婪地呼吸它们诚善清香的气息。

乡村一位大姐，幼子读书，丈夫患重病，她也因腿伤几近瘫痪，一度失去了劳动能力。她家陷入困境时，我寥寥帮过几次：在她住院时，把包着祝福的红包亲自塞到她手里；她的小儿初入中学，我买了新衣服和学习资料，托同学捎到学校里……于我而言，只是尽了些微薄之力。

大姐要求加了我微信。她几乎不在朋友圈发消息，她的红花头像，却跟着我发朋友圈的消息一路开放到今天。没什么文化的大姐，每每在我的消息下面留言评论。她会把"真"写成"直"，把"往"写成"网"，"的""地""得"更是分不清，可是，这并不影响她阅读和表达的认真。我转发自己公众号的文字，她会赞"写得好"，"写得真实"，"作家的大脑就是一台机器"；我转发一则不靠谱的新闻，她会评"笔耕地没个准头"；我深夜发消息，她会提醒"妹妹别熬夜，保重身体"……深秋，我一路向北，去大连参加笔会，火车上，收到大姐发来的微信："那边冷，妹妹多加衣！"

初冬，大姐微信留言，她去村里磨坊为我磨了新鲜的玉米面、玉米糁，问如何给我。我婉拒，让她留着自家吃。大姐却执意给我，先是几次去村口问了公共汽车司机，想托司机师傅给我捎到城里；后来又要自己坐车送到城里来。我三番五次阻拦，她只好委托乡里一位认识我的老师，开车把两个沉甸甸的袋子送到我家门前。干净的尼龙袋子里，装着新鲜的玉米面、玉米糁。那时，大姐双腿尚未明显好转，身材矮胖的她，是如何挂着双拐，在坑洼不平的村路上，一次次往返于家和磨坊、家和村口之间的？行动本就如此不便，她又是如何运送那两个沉甸甸的袋子的？

端午，大姐又托那老师给我送来一大袋亲手包的粽子。彼时，她刚刚办理了残疾证。

大姐对我的关切和给予，远远超越了我那微薄之力的价值。

骨子里爱花的我，最爱那一丛丛草本花卉，兰花、芍药、凤仙花、睡莲、荷花、大丽花、菊花……无论一年生还是多年生，它们大多姿态低，育活易，花期准时，花美味鲜，养眼怡心，更有可以入药、入茶、入菜者。这些草本的花儿，与我们这些凡夫俗子亲密无间，就像我用温暖的善意、乡村大姐用感恩的真诚滋养出的小美好，既接地气，又清新脱俗。草本花儿般的美好，让我们即使在苦痛无情的荆棘前，眉眼间依然有亮自心底的希望曙光。

风呼啸而来

连宠物狗都拒绝外出撒欢，愿意躲在空调房纳凉的伏天，我跟他去保养汽车。

在城外城国际汽配城东面的狭窄公路上堵了半小时，才进了一处破旧的大院子。这里挨挨挤挤藏着数不清的小铺子，销售汽车配件，或做汽车修理保养。小铺子大多黑乎乎，油腻，逼仄。铺门上招徕生意的大牌子，却一家比一家光鲜惹眼，就像黑夜里许多道强光，亮得晃眼，让人难以辨清有什么不同。虽然他已来过两次，但打了几次电话问询，才把车挤到一家小铺子门外。

"曹专家"竟然在这里。他带我来保养的，是我上下班偶尔开的旧奔驰。旧奔驰是大姐借给我开的，两年前出了毛病，他开到当地的奔驰专修店，辗转几家也没修好。一位汽修厂的朋友陪他把车开到北京，车当天就修好了。"曹专家"从此成了他重要的手机联系人。一年前他又进京保养这辆旧车，我想陪着，他犹豫一下，又神神秘秘地拒绝。这次，我再三要求，他才带上我。

小铺子门外，候着个瘦瘦高高的青年，天蓝色的旧汗衫，油污的黑黄肌肤，稳重干练又略显腼腆。他招呼一声"小曹"，原来这青年就是"曹专家"。青年话不多，问几句，就坐进驾驶位和他去试车。我披一身热辣辣的阳光，站在铺门外。铺内地上积了厚厚一层油污，一台旧风扇呼啦啦旋转，身沾油污的小伙计依然汗津津。身边车辆往来，其他铺子前也多泊着待修或正修理的车，哪有我落脚的地方？

我撑开伞，走在凹凸不平的水泥路上，才理解了他不肯带我来是怕我受罪。迎面开来一辆三马车，驾车的小伙儿一手扶车把，一手捏着咬了几口的煎饼。看手机，是上午十点多，那煎饼该是早餐。没有一丝风。大院子里无花无树，简易低矮的房子连个阴影都罩不住。白晃晃的高温一路追随。院子南面，栅栏外一条污水沟，无声无息地挥散着沤久的臭气。沟南面一条巷子，斜卧在闷热熏人的气息里。摊煎饼、蒸包子的小吃摊儿，就停在巷子边。

找不到落脚的地方等，我就走出大院，拐进院南边的巷子里。拐来拐去，走过几条巷子。巷子连着的住宅区，破旧，杂乱，拥挤。

中午十二点刚过，我拐回大院子，接到他的电话。试车，保养，再试车，前后才用了两个多小时。小铺子门外，他和小曹汗涔涔地站在炎阳下，闲聊着等我。问答间我知道了，小曹和媳妇是涿州人，儿子还小，一家三口就租住在大院南面的住宅区。这里汽车配件全，修理高手多，活儿忙，赚钱比老家容易。说起在北京买房，小曹摇头，太贵，买不起，孩子到上学年龄，就回涿州买房子。嘴边挂着媳妇、孩子时，小曹腼腆的脸上，荡漾出贤夫慈父的柔软笑容。

返程高速上，已经开出几十里，他突然让我从他手机通讯录里找"曹专家"，说油灯亮了，怕还有什么故障。我把电话拨通递到他耳边，他和小曹说了几句，小曹让他把车停在应急车道发个位置。车熄了火，我们打开车窗坐等。太阳火热，高速路蒸人。半小时后，小曹驾车呼啸而来，像一阵急速刮来的凉风，几分钟解决了油灯的问题，又呼啸着向前方最近的出口疾驶而去。

眼前又浮出大院子里的温馨镜头：一个穿白衬衫蓝牛仔的年轻女人，坐在小凳上，笑对着一对小儿女。小儿女也坐在小凳子上，一边享用女人刚买回的豆浆馅饼，一边兴冲冲看着地上的小笼子。小笼子里，伏着一只白绒毛灰耳朵的小兔子。温馨的一幕，把黑乎乎的小铺子映得明亮、清凉。小曹家租住的房子里，也每天上演着类似的镜头吧？

转脸看专注开车的他，头发白了许多，脸也比同龄人沧桑。国企改革，下岗多年，他每日早出晚归，也是疾风一样来去，把小家的经济经营得风生水起。忙忙碌碌和鸡毛蒜皮的吵吵闹闹间，我开的车修理保养、加油洗护等事宜，他都亲力亲为，总害怕我开车出什么问题。

炎炎伏日，疾风一样来去，为生活忙碌的男人，不诉苦，不矫情，正是女人、孩子的解暑清风。

老如黄昏睡莲

晚年的姥爷，鹤发童颜，语声温暖。温馨重复无数遍的镜头，是他微笑端坐于后辈们面前，娓娓讲述他亲历亲闻的历史。

姥爷八十三岁那年，他去世前不久，记忆突然衰退，但他仍然快乐而健谈。我最后一次与他交谈的瞬间，一如既往笼罩着温馨喜悦的氛围，没有半点伤感的色彩。那一日，姥爷慈祥地坐在客厅窗下的椅子上，笑容灿烂地望着刚走进门内的我。

坐在沙发上的姥姥，颤巍巍起身，走到姥爷跟前，指着我问："她是谁呀？""继颖。呵呵。"姥爷得意着，他还认识我。那时，他已经不少次认错到家里看望他的亲人。姥爷继续乐呵呵地和我交谈，一如既往，不疾不徐。虽然，他曾经很清楚的一些人和事，这次被他张冠李戴。姥姥和五姨在旁边笑望着他，像望着个逗人开心的孩子。

　　记忆衰退之前，姥爷早就被诊断为大面积心梗，因为年事已高不能手术，只能靠毛细血管建立的侧支循环维持生命。可他从未慌忙过，快乐享受着晚年的每一寸光阴。

　　自我记事至姥爷去世，有三十多年时光。高大魁梧的姥爷，从退休前的潇洒阳光，到退休后的热情爽朗，再到耄耋之年的快乐健谈，从容向老，从未见他颓然感伤。品味他渐渐老去的从容，如回想一朵夕阳下微笑的睡莲，随着晚风轻舞，慢慢收拢，闭合了美丽的花瓣。姥爷去世后，我常常静思默想，他的生命，也如夜间闭合花瓣的睡莲一般，会在朝晖明媚的早晨，重新灿然绽开。

　　姥爷日渐老去的从容，缘自幸福的晚景。姥姥与他执手偕老，恩爱如青年时；村里居住环境不好，舅舅在城里买了舒适的大房子供他和姥姥养老；五姨保姆般日日陪伴，照料他和姥姥的饮食起居；母亲和另外四个姨妈隔三岔五回去，为他洗脚剪指甲，众星捧月般恭听他娓娓述说；我们一大群孙辈孩子也常准备了各色礼物登门孝敬……

　　姥爷快乐向老的从容，缘自积年累月的付出。我关于他的最早记忆，是他退休前偶尔回村里，笑容可掬地给我们这些孙辈的孩子，分发从城里买回的礼物。不多不少，每人一份。从此，在他爱意满满的笑容中领取礼物，成为我们最开心的事。退休回村生活的十几年，姥爷是村里首屈一指的热心人。他有深厚的文化底蕴，书法造诣也颇深。他特意置办了书法桌，谁家有红白事，总让人将书法桌抬去，带着自备的纸墨笔砚，写帖子，记账目。账单上随礼的第一个名字，必是姥爷自己的名字。年年春节义务给乡亲们写对联，他更是乐此不疲。姥爷无欲无求的付出温暖了乡亲们的心，他自己也拥有了永不凋谢的灿烂笑容。

姥爷的从容向老，缘自他博取众长的豁达。去世前不久，他仍然坚持读书看报，看有益的电视节目，和晚辈们交流思想，虚心学习。他的渊博和豁达，让他衰老的过程，少了黯然和伤感。

人生于世，再不情愿，也难逃一个"老"字。希望尘世之人，晚景都如姥爷，幸福恬静，如黄昏慢慢收拢花瓣的美丽睡莲。

纸钱

伏热蒸人。高高搭起的灵棚内，姥姥躺在冰冷的水晶棺里。水晶棺头朝北尾朝南，披麻戴孝守灵的子孙辈孩子，挤挤挨挨两大群，男的在东，女的在西，或跪或坐，脸都朝北。大风扇呼啦呼啦高速旋转，守灵的亲人们仍挥汗如雨。

村里来帮忙的乡亲不少，搬花篮的，摆花圈的，在灵前来来往往。吊唁的人也多。村里风俗，接到丧信，要买上几沓纸钱到逝者灵前吊唁。灵前摆一张供桌，供品边点一盏长明灯，供桌前用砖围成一个圆圈，有人来吊唁，就在圆圈内点燃几张纸钱。纸钱燃烧着，吊唁人鞠躬或磕头后，守灵的人要跪地还礼。

又有吊唁的人站到灵前。砖围的圆圈内，迟迟没有纸钱燃起。

临时负责点纸钱的乡亲，忙别的去了。我忽然觉出一种冷清。脑海中晃动出一个熟悉的身影。目光寻遍偌大的老院子，那身影也没踪迹。

出殡前一天黄昏，去长堤外给姥姥烧车马时，因为两个帮忙主事的人对细节指挥不一致，现场多少出了点儿慌乱。一个帮忙的乡亲念叨："要是老圈在就好了，他什么都懂。"

在我脑海中晃动，在老院子里没寻到踪迹的身影，正是老圈。中等个儿，宽身板，头大、脸大、眼大，皮肤粗黑，背微驼，腿有些罗圈儿，一身旧衣，一双辨不清颜色的旧胶鞋。太姥姥和姥爷去世，一个在大雪纷飞的严冬，一个在落叶飘零的凉秋，时间虽隔着十几年，我回家奔丧守灵的日子，老圈都一直尽心尽力地忙碌，陪着我们冒严寒，顶秋风。吊唁人一拨儿又一拨儿，老圈总能很是时机地将纸钱点燃，看吊唁人磕头或鞠躬完毕，热情地高喊一声："还礼！"守灵的亲人，便磕头致谢，吊唁者也向守灵的人磕头或鞠躬还礼。

报庙、烧车马、入殓下葬等丧俗，我和很多乡亲都糊涂，老圈都懂。村里谁家办丧事，他都殷勤上门，全程参与，早晚帮忙。丧礼上，他亮着粗哑的嗓门指挥若定，宛如一个朴素威武的将军。

他出现在乡亲们的视野，多是在丧礼上。村里的逝者，他一个一个送进祖坟。丧礼上他忙乎的事情，少有人肯做，肯做的也未必懂。因为他的存在，村里的丧礼显得隆重有序，像我太姥姥、姥爷等高龄离世的喜丧，又不缺乏热闹的氛围。

喜庆的日子里，人们却常常将老圈淡忘。我儿时记忆里，村中有一对无儿无女的老夫妇，老头每日去田野放风筝。老圈的父亲精神不正常，因鸡毛蒜皮的小事和老头发生口角，半夜三更拎着铁棍闯进老人家，田野上空的风筝从此成为老夫妇的冤魂。他父亲虽因精神疾病没有入狱，但走到哪里，村里人都畏惧、躲闪。老圈因此受了牵连，很大岁数也没人给提亲。父亲去世后，贫困的老圈娶了个外地媳妇。媳妇生下女儿没多久就弃他而去，剩下父女俩艰辛度日。

姥爷离去时，我和亲人们守灵，老圈也在灵前忙碌。没人吊唁时，他坐在矮凳上，帮着姨妈们用黄纸叠元宝。我不会叠，他凑到我跟前，一边示范，一边低着粗哑嗓门指点，粗黑皱褶的脸上漾动着善意和耐心的波纹。

姥爷灵前，望着他焚烧纸钱的背影，我曾悲哀地想：将来，他离去时，谁为他点燃纸钱？想不到，隔了四年多时光，姥姥的丧礼上，就再也寻不到他的身影。如果老圈还在，炎天暑地间，他一定会热情忙碌着，陪我们挥汗如雨。

问村里人，说他死于肺癌。他生前身后的细节，他的生年卒岁，似乎无人知。

村庄的夏夜，有微弱的光亮一闪一闪，那是草丛里的萤火虫在飞。我又想起太姥姥和姥爷去世时，天刚擦黑，老圈端着一簸箕纸钱，提一盏灯，率领披麻戴孝的队伍去村北报庙的情形。那时的他，走在黑暗中，是一只巨大的萤火虫。

老圈，是我的一个远房亲戚，我叫他表兄，他喊我表妹。开药

店的姐姐说，他患癌后，曾给予他一些药物，我却终未给过他什么。

回到城里，写下千余文字怀念他，权当在灵前，为他点燃过几张纸钱。

生命另一面的旖旎

　　中学时，读鲁迅先生火药味十足的文字，梁实秋被贴上"丧家的""资本家的乏走狗"标签。从此多年，每想及"梁实秋"，都觉其人面目狰狞，性情怪僻，仿佛山林间破坏和谐的巨石，初见时突兀丑陋，寸草不生，偶尔在记忆里凸显，总是青面獠牙的样子。因此，热爱阅读三十余年，即使得知他是中国现代散文大家，也每每绕过他的文字。

　　初识"梁实秋"三十年后，女儿买回一套六本"雅舍全集"，我翻开一本，再翻开一本，在梁实秋的字里行间流连，才有幸领略他人生另一面的风景。

　　享受过梁实秋宠溺的猫，在他的词句里撒着娇，赶走了我记忆中"丧家的""乏走狗"。

梁实秋给好友梁锡华写信，简练几语说清事情，礼貌请安，署名日期后补写一行："此处破损，系猫所咬。"短短一封信，不过一页纸，还被猫咬得破损，梁实秋却毫不在意，寥寥数字解释，流溢着宽容和亲昵。

梁实秋对弱小生灵的关切，充盈在他写猫的散文里。妻子将野猫小花子留养在房门口，喂食喂水，以纸箱作窝，买了孩子用的鹅绒被作铺垫，给它设了沙盆逐日换除洒扫。看它在寒风里缩成一团偎在纸箱里，梁实秋心中不忍。小花子失踪后，他牵挂黯然。小花子被人敲断牙齿、截断舌尖，满身血迹回来，他和妻子请猫狗专科医院的医生给它打针防破伤风，注射消炎剂，清洗口腔，小心涂药。受伤的小花子被请进家门，睡在笼子里，改名"小花"，正式成为梁家一员。梁实秋每周上市场买鱼由七斤变为十斤，煮鱼摘刺喂食，由准备两盘改为三盘。收养小花时，梁家已有白猫王子和黑猫公主。而黑猫公主，也是梁家收养的流浪猫。

梁实秋笔下的几只猫，都曾喵喵吟唱着依在他身边，欢快地跳到他书桌上，嬉戏过他的笔尖，在稿纸和信札上印下过梅花，留下过吻痕吧？

家常的文字、细腻的笔调和娓娓的描述，映现出梁实秋对猫的宠和慈悲天性。爱猫如此，何况待人？梁实秋一往情深的原配妻子季淑，外出购物时被忽然倒下的铁梯击伤，急救手术后未能从麻醉中醒转，与世长辞。他给友人的信中，多次表达痛惜伤感。"院里的花比去年旺盛，我不敢去看，一看就要大恸。寝室内一年四季皆有插花或盆栽，今后一律免除。我不能再看见花，一见花就只想摘下来送到坟上去！……惜花人已长眠地下矣！""我看着她突然舍我而去，幽冥永隔，我何以堪？"……

为纪念不幸罹难的妻子，他写下长篇散文《槐园梦忆》，详述妻子生平故事，动情回顾与季淑相识、相恋、相念、相依相伴、相濡以沫五十年的种种细节，表达对妻子"长相思，泪难干"的沉痛悼念。他忆念妻子对花草不分贵贱，一视同仁的热爱，她将山中石缝间的小草带回家养成盆景，他做出要拔掉之状，她就大叫；他忆念妻子每年腊八给他过生日的耐心和关切，写妻子为他画兰花，写"一笔虎"并缀上祝福："明年是你的本命年，我写一笔虎，祝你寿绵绵，我不要你风生虎啸，我愿你老来无事饱加餐。"……他哀伤地形容失去季淑的自己："我像一棵树，突然一声霹雳，电火殛毁了半劈的树干，还剩下半株，有枝有叶，还活着，但是生意尽矣。"

梁实秋作为一个社会的人，向出版家推荐缺钱友人翻译的书稿，主动借给同事赴美深造的经费，表现出的热情仁慈，令人钦敬。创造了中国现代散文出版最高纪录的他，虚怀若谷，写作态度严谨。他把拜伦的姐误译为妹，怪自己"疏于查考"，盼有机会改正。参加生日派对从不唱英文歌，认为美国人"急功近利，所见不远"，不喜欢带日本气的狂草，琐碎细节，可见他并不崇洋媚外。

我少年时代认识的"梁实秋"，作为新月派主要成员，只是左翼作家鲁迅笔战的对手。臆想中嶙峋冷硬的巨石，只是梁实秋人生一个背阴的侧面。梁实秋平淡雅洁、真挚感人的文字，引我走到他生命向阳的一面。巨石怀抱里，树木葱郁，花草鲜美，溪流明净，蝶舞鸟鸣虫唱，旖旎风光，温柔有情。

老舍的"花田""谷地"

深秋的首都，灯市口西街丰富胡同 19 号四合院内，两棵挺拔的柿树，高擎数枝丰硕的橙红，笼罩着一方沉甸甸的宁静。两棵柿树，是老舍夫妇亲手所栽。四合院因红柿被老舍夫人命名"丹柿小院"，是老舍生前最后一处居所。

两树丹柿下，该是菊花怒放的婀娜多姿、姹紫嫣红吧？读《养花》的印象，院子里的花多达几百盆，长在地上的菊秧有三百棵。走进四合院，却只见几盆不起眼的花。回想老舍笔下的"有花有果，有香有色"，难免滋生失望的情绪。

正房内，西侧客厅最宽敞，东侧是老舍夫人的卧室兼画室；东西厢房分别是厨房餐厅和女儿们的卧室；正房和西厢房窄小阴暗的

耳房，是老舍的卧室兼书房。如今，这些房间是老舍生平创作经历和室内生活原状的展厅。循着墙上的文字和图片，可以走近人民艺术家老舍的人生。

清末的北京，胡同杂院小平房里，瘦弱的母亲，压抑着丈夫阵亡的痛苦，用血汗滋养小儿舒庆春冻饿失怙的童年。得好心的世交刘寿绵资助，庆春入了私塾，后考上北京师范学校，毕业后从北京到天津，历任小学校长、劝学员、中学教员。黑暗动荡的时代，庆春饱经生活和社会的历练。

五四运动触发了庆春文艺报国的念头。1922年5月，他在《海外新声》杂志发表《她的失败》，署名舍予。这篇白话小小说，只描摹了一个生活片段，人物简单，主题模糊，谈不上艺术。

1924年，庆春到伦敦大学东方学院任华语讲师。除了忙碌的工作，时间都慷慨交付图书馆。大量优秀的西方文学作品，润养了他创作的笔力。三部描写市民生活的讽刺长篇小说《老张的哲学》《赵子曰》《二马》，陆续发表于《小说月报》，署名"老舍"。流畅的白话文、幽默的风格和现实主义的刻画，让文坛开始注目"老舍"。

1929年回国途中旅费不足，老舍到新加坡南洋华侨中学任教，创作了长篇童话小说《小坡的生日》。1930年到济南，一年后结婚，四年后迁至青岛。在山东的这七年，老舍在大学任教，紧张的教学生活之余，共创作小说及散文等200多篇。中国现代文学史上的长篇杰作，描述军阀混战时期人力车夫悲惨命运的小说《骆驼祥子》，就诞生于青岛。

"到处，我老拿着我的笔……多少次敌人的炮弹落在我的附近，用沙土把我埋了半截。"抗日时期，老舍先生只身南下，以笔为枪，转战川鄂，写下300多篇抗战作品，进行抗战宣传，推动抗战文艺发展。

1946年3月应邀赴美，1949年12月归国，1950年初买下这座小四合院。老舍从小体弱，几十年辗转，伤病不断，仅抗战期间，就患过阑尾炎、痢疾、贫血等症。搬进四合院的老舍，兼任中国文联、作协副主席，北京市文联主席等数职，忙于各种会议、活动、出访和接待，坐骨神经痛缠身，却一如既往，从未放松创作。腿病不能久坐，他自会调节，"写一会儿就到院子里去看看，浇浇这棵，搬搬那盆，然后回到屋里再写一会儿，然后再出去"。如此循环，不仅"有益身心，胜于吃药"，将小院侍弄得花色缤纷、花香四溢，更将文学花田侍弄得好花常开、四时果鲜，写下《龙须沟》《茶馆》《正红旗下》等话剧和长篇小说名作，以及《养花》《猫》《草原》等优秀散文。

"我是文艺界的一名小卒，十几年来日日夜夜操练在书桌上与小凳之间，笔是枪，把热血洒在纸上。可以自傲的地方，只是我的勤苦……"从1922年5月发表处女作到1966年8月24日沉入太平湖，44年的时光，老舍的笔，一直在忙碌的缝隙里勤苦创作，仅小说就写了89部，360万字。笔是枪，更是犁铧。老舍每到一处，便用笔

辟一片文字田园。多么贫瘠的土地，他笔下的文字，都能葱茏生长，蔚然花开，累累挂果。老舍的笔，始终沿着民族和民众的命脉耕耘，触动着读者赤诚的心跳。

他笔下的繁花，如丹柿小院曾经的繁花，飘散着深沉的爱的香气。于国，于民，甚至于花草猫鱼，他都倾注了真挚的关切。创作时，猫跃上书桌，在稿纸上留下足印，他不恼；小憩时，他抱猫入怀，像慈和的父亲爱抚孩子。细心的关爱、细致的观察、细腻的描写，让《猫》成为语文教材中的经典。

他笔下的硕果，凝聚了勤苦不息的努力、质朴谦逊的气质、温良敦厚的品格，让人联想到大寨梯田成熟的谷子，沉甸甸的谷穗，弯向土地。金黄的谷粒，是粮食，是良种。散文《宗月大师》便是寻常一穗。平实的文字，娓娓回忆了刘寿绵大叔资助他入学读书，一生行善惠及众人，由富变贫入庙为僧，最终坐化圆寂的经历。"他办贫儿学校，我去作义务教师。他施舍粮米，我去帮忙调查及散放。""没有他，我也许一辈子也不会入学读书。没有他，我也许永远想不起帮助别人有什么乐趣与意义。"与乐善好施的刘大叔相辉映，老舍从善的细节、感恩的情怀，何尝不是一粒粒饱满的谷子？静静读来，既可得精神饱暖，又可得灵魂向上的种子。

为观览之便，老舍侍弄的花草，早已被移出四合院。丹柿之下，老舍笔耕的"花田""谷地"，却永远有花香谷香，绵延四溢。老舍先生并未离去，他仍坐于书房内，握一支笔，日日夜夜，耕耘不息。

凝神聆听笔尖触及稿纸的沙沙轻响，默然与他进行一番心灵对话，可以带走一缕精神的花香，或者一穗灵魂的谷种。

赏心千万枝

　　杨朔在《茶花赋》中写："一脚踏进昆明，心都醉了……"我初次踏进昆明时，金殿的茶花，正一树一树，千枝万枝，绚丽缤纷地妖娆着。滇池边的报春花，大观公园和捞鱼河公园的郁金香，以及街头巷尾随处可见的花，都像昆明蓝天上的云朵，开得明明媚媚，洋洋洒洒，赏心悦目。

　　在昆明短短几日，我似乎只顾着看花、看天、看云，忙着用手机拍了美图在微信朋友圈发。先入为主的鲜花、蓝天、白云，扮靓了热爱自然的人对一座城市的印象。

　　殷勤引我看花的，是家人的旧相识。因为是世交，热情相待在情理之中。

一位朋友和爱人也初次踏进了昆明。这座城市的主人，如何对待陌生的远方来客？他们二位人生地疏，比我更有发言权。

朋友和爱人在昆明游玩几日，离开那天怕误了飞机，早早地打车到机场。出租车在机场高速上飞驰而去，朋友进入航站楼时，才发觉新买的手机落在了出租车后座上。朋友急赤白脸地让爱人拨出自己的电话号码。铃声响了一下又一下。打车时根本没想到要记车牌号，司机师傅会不会不接电话把手机据为己有？两个人都忐忑。谢天谢地！电话终于接通。司机师傅的声音满含歉意："不好意思，刚才忘了提醒你们检查有没有落东西。我马上要去别处接人，没时间把手机给你们送回机场，我把车停在应急车道上了，打着双闪等你们，赶紧打车过来取吧！我的车牌号记一下……"

朋友让爱人在机场看行李，等他电话办理登机或改签事宜，自己马上打了车去取手机。在机场高速应急车道上，朋友取回自己的手机。虽然高速是单向车道，绕回机场用了几十分钟，他们仍赶上了预订的那班飞机。

经历了这样的细节，昆明给朋友和爱人留下更美好的印象：不仅气候宜人、花多景美，人也质朴厚道，文明程度高。

一座城，有蓝天白云笼罩，有似锦繁花装点，天生丽质，衣冠楚楚，可以说具备了文明的外在气质。城里的人，有良知，懂规矩，行止有度，精神阳光，城市文明就有了灵魂。

心学大家王阳明说："知善知恶是良知。"王阳明认为，人人心中都有判断是非美丑的良知。人心的良知是文明的源泉和动力。

现实情况是，并非所有的人，都能去恶向善，践行良知。我的手机就曾遗失在久居的小城再也寻不回。我没有久居昆明的经历，昆明人是否都朴实厚道，出租车司机遇到乘客遗落的财物，是否都能物归原主，也不敢断言。

但我觉得，一座城，多些引领风尚的宣传，多些适时适度的激励，多些法律法规的制约，熙熙攘攘的人，会有更多精神向上，行为阳光，如繁花一样，千枝万枝，赏心悦目。

心间养一眼暖泉

在张家口蔚县，我们正开车寻"暖泉"古镇景区正门，邂逅路边一个瘦小的女人。开窗问路，冷硬的秋风把女人的乡音送进车里："正门买票每人 80 元，我带路从别处进，每人只要 30 元。"我们请她上车。

到暖泉镇医院门外，她让我们停车，说这里不用交停车费。下了车，风裹挟着灰尘和凉意扑面而来，我打了个寒战。走几十米，一抬头，好大一棵垂柳！粗黑皲裂的树干两三人才能合抱，密密匝匝的枝叶瀑布般倾泻下来。

"你们在树下合个影吧。"女人微笑着要过我的手机，等我们摆好姿势，给我们拍了合影，待我们看过照片满意地点了头，才带我们往前走。我心安理得地享受这份热情，觉得她为挣钱这样做理所当然。

很快到一条巷子口，女人和几个把守的男人打过招呼，便让我们进去。她收了钱，准备原路返回。我担心医院门口的车，又觉人生地疏，向她提出带我们游览的要求。游客在景区上当受骗财物被偷的报道，早掠走了我对陌生人的轻信。她犹豫一下，继续微笑着引我们前行。

巷子里晃着三三两两的游客。古旧的砖墙，斑驳的木门，残破的对联，锈蚀的铁锁，都已模糊了最初的容颜。院墙顶上的枯草，在飒飒秋风里摇曳出萧瑟的气息。

"这堡子里的老宅，很多没人住了。住老宅的，大多是老人……"

女人的乡音响在耳边，不觉到了巷子尽头，向右拐进景区主街。游人多了些，却没达到"摩肩接踵"的程度。人语声中，笛声悠悠。坐在货摊后的一个老人，须发花白，肤色和衣色同样黯淡。他面前，一筐梨，一盆绿豆，一盒晒干的菜。老人专注地吹着笛子，似乎不是在卖货，而是临街排遣着无边的寂寞。

女人说，这老人七十多岁，街上卖土产的多是六七十岁的老人。望前面的摊子，果如她所说。"导游"路上，她不时对老人们微笑、点头、高声招呼。这个上身套着厚厚几层旧衣的女人，偶尔抚一下我的背，仿佛对待远来的亲友。扬着尘沙的风依旧寒凉，衣服单薄的我，却仿佛借了她身上的一些温度，不那么冷了。

古街西面一个宅院，两扇旧木门闭合的中间部分油黑发亮，那是沾着油污的手无数次抚摸的痕迹。我轻推木门，中间露出一道缝，门内插着铁销，门缝里晃过一个佝偻的深蓝侧影。我的视线透过门缝移动，院里一匹马、一驾马车、一堆玉米、一个煤炉，还凌乱地放着砖瓦坛罐等杂物。

"这院里只住着个八十多岁的老伯，老伴去世了，儿女都在城里，他嫌城里楼房不方便，不愿跟着孩子们。咱们可以敲门进院，他很愿意有人到家里……"女人敛了微笑，突然低下来的语调，透着无奈和关切。我暗暗惊讶她对古镇上老人们情况的洞悉，悄悄感动于她对老人们的态度。

女人陪我们登上西古堡城楼，指引我们东西南北地俯视古镇建筑。我们频频问询，她不厌其烦地介绍。从她与专业不沾边的"导游词"里，得知使古镇得名的暖泉已经断流，了解了打树花等民俗和剪纸艺术，以及在这里拍过的影视剧等。

"我在那个院子做了多年媳妇……"从剪纸体验馆出来，她指着旁边巷子里一处古旧的宅院引我看。爱人在镇上开修理摊儿，在北京工作的儿子生活压力很大，她为帮儿子在北京立足，偶尔在景区外等游客挣点儿钱。出于好奇，我走进她手指的院子。嵌着方格老窗的旧房虽低矮，院内却洁净，东西摆放整齐有序，院门房门上纳福迎祥的对联完好无损。她年迈的公婆迎出来，发着亮光的皱纹里透着家庭和谐的喜气。女人搬出去十多年，常回这里帮公婆收拾。

告别时，女人说有什么要问的可以电话联系。我输入她的手机号，她报上姓名："刘学锋，文刀刘，学习雷锋的学锋。"

"听名字，你是一九六几年生人吧？我是 70 后。"

"六九年，那我是姐，你是妹啦……"

我和她，一高一低紧挨着，一股暖泉，从她心里，流到我心里。近午的阳光，像温暖的泉水，把奔跑在古镇上的秋风，浸得暖暖的。

世界之大，名"暖泉"的村镇，不止一个；断流的暖泉，不止一处。凡俗庸常的人，成千上万。他们的生活，或许并不体面。然而，只要心中养一眼暖泉，孝亲敬老，舐犊情深，良善待人，生命的阳光，便如温润的泉水，浸暖尘世，源远流长。

携笔送福

百姓迎年，除旧布新、辟邪祈福的仪式中，贴春联是点睛之笔。

"喜气临门红色妍，家家户户贴春联。"除夕那天，春联一贴，顿觉惠风和畅，祥瑞盈门，春意满心。同样是鲜红的底子，买来的春联，浮着格式化的黑字或金字，吉庆有余，情韵不足。深受青睐的春联，是飘着墨香溢着情味的手写体。

市里这群书法家朋友，年前四处写春联送祝福已成惯例。腊月十九，我有幸随同去了紧临市区的刘漫撒村。这是今年他们迎春书写的第七站，之前六站，之后还有几站，包括机关和社区，学校和村子。早晨，一行十余人，从各自的忙碌中抽身，各携毛笔，准时在约好的地点集合，拼车出发。领队的仁兄，前几日微信里发诗，

记录自己感冒得厉害，周身乏力，咳嗽不止，彻夜难寐。同行者衣装皆厚，感冒未愈的，竟有四五人。

车到刘漫撒，停在村里党群服务中心院外。院子和房间都宽敞，已有事先得知消息的老人，坐在屋内等。村干部已备好书写的桌子、盘子、墨汁和红纸。全村六百多户人家，红纸买了七百套，每套大小两副对联纸，两张福字纸，由专人发放。朋友们到场，径直走进桌子内侧，在盘子里兑好墨。等候的老人，轻车熟路铺开对联纸。省略了寒暄，蘸笔开写。瞬间，长条或方形的红纸上开出行云流水的墨色字花。"遥闻爆竹知更岁""偶见梅花觉已春"——"金猪贺岁"；"春到万家生瑞气""日照庭上现祥光"——"人寿年丰"；"和顺一门有百福""平安二字值千金"——"家和业兴"……墨迹未干，颤巍巍的老人，笑呵呵道着谢，小心翼翼地将一条一副一块的对联福字，晾到院子里。敞亮的院子，很快铺满一层光艳的祝福。

大喇叭一广播，男女老少陆续赶来，领纸，排队，屋内屋外人影晃动，乡音荡漾。一层一层红纸黑字的喜悦在院中铺开，又被收起，四溢到村庄各处。

"去年书法家们来，我不在家，没赶上，今年早早过来等。这毛笔字，布局匀称，个个完美，贴在门外可惜，我准备贴在屋里，要不就珍藏起来。"站在院子里的儒雅中年，喜盈盈看着铺展在地上的字感慨。

我帮胖老太太收起晾干的字，她感激地送上多子多福的祝愿。

我不会写毛笔字，也只有一个女儿，愉快地代朋友们收下了这淳厚的祝福。

……

"这闺女长这么俊，还写这么好的字……"桌边几个老人，凝视着悬腕书写的女子赞叹。这女子三十几岁，是我同事，工书画，喜篆刻。她和同来的朋友一样，每日晚睡、早起，利用一切余暇，日复一日、经年累月地潜心练习，才拥有了墨色刀石之间的一方乾坤。

在乡亲们面前挥毫的朋友，哪一位笔底的龙蛇飞动，鸾飘凤泊，不是多年寂寞潜修绽出的花朵？陈继儒《小窗幽记》中写，"是技皆可成名天下""片技即足自立天下"，只要有技艺就能名扬天下，只要有一技之长便能自立于天下。这些朋友，我虽没一一列出姓名，但都可以书法之长立于尘世，且多在省、市业界小有名气，拿过国家级奖项。腊月寒气中，他们的墨花，绽放着饱满的祝福，洋溢着暖暖的春意，开进千家万户的年味里。他们带回家的感冒，都有了别样的意义。修得一技之长的人生，与朴素尘世发生多少美好的关联，就会增添多少勃勃生机，融融春意。

你曾关联多少人的记忆

2018 年 10 月 30 日，金庸离世。《大闹一场，悄然离去》《金庸已逝，江湖已远》《笔落长逝，江湖犹在》……微信朋友圈，铺天盖地，几乎全是类似标题。31 日晨上班，两同事历数金庸武侠小说对其影响之深，要我写篇怀念文字。

我读小学时，家电在乡村还极稀罕。电视连续剧《射雕英雄传》，通过我家那台 14 英寸黑白电视机，让乡亲们痴迷了无数个夜晚。我家晚饭还没吃完，男女老少已挤满院子，有半大小子怕被挡了视线，干脆窜坐到墙头上。一家人饭毕，父亲将饭桌搬到院里，再将电视机搬出去置于饭桌上。"依稀往梦似曾见，心内波澜现……"旋律优美的主题歌响起，等待时的谈笑声戛然而止。屋内空空，灯光下只余我一人，专注于作业和课本，偶尔能听到窗外郭靖、黄蓉、黄老邪洪七公的声音，却全然不知他们的故事又发展到哪里。

我在师范学校读书时，课余时光，热度最高的仍是金庸的武侠。租书读风靡校园，不知有多少同学，曾多少次在校门外的租书摊前流连。不知还有多少男生，一次次跑进距学校不远的录像厅。班里组织联欢会，班内热爱文学的男生，站到空出的教室中央，一开口，竟是再熟悉不过的旋律："依稀往梦似曾见，心内波澜现……"素日里沉稳内敛的男生，吟唱时全情投入，恍若坐在我家墙头上痴望电视屏幕的半大小子。被班内另两个热爱文学的男生诚挚邀请，我唯一一次进入录像厅。屏幕上播放的是金庸的《鹿鼎记》。录像没看完，两位同学就随我回了校园。《鹿鼎记》于他们，或许是奢侈的精神大餐，可惜我没兴趣，未能领情分享。三十年过去，除人物韦小宝和一幕模糊晃动的影像，我对《鹿鼎记》，依旧全然不知，只是被邀进录像厅的瞬间，依然青涩而温暖。那时候，我也迷文学，读中外名著，读《散文》《少年文艺》等文学期刊，也租过琼瑶的《庭院深深》，只是从未读金庸，不知金庸与文学的关系。

工作多年后，在一位年轻同事新居的书架上，看到《射雕英雄传》和《鹿鼎记》，再细看，有满满两层，挤挤挨挨的书，全是金庸所著。同事爱人当时做文字工作，是小城有名的才子。文质彬彬的儒雅青年，居然也是金庸迷。

"男子汉大丈夫，第一论人品心肠，第二论才干事业，第三论文学武功。""你瞧这些白云聚了又散，散了又聚，人生离合，亦复如斯。""我是尘间摆渡人，为君闲计百年身。"……精神产品匮乏的时代，小说家金庸的武侠小说，曾是多少人的时光渡船？对金庸作品及其人其事知之甚少的我，细细回想，影响几代数亿粉丝的同时，也与我记忆的许多瞬间密切关联。我默问自己：将来如金庸悄然离去时，你能与多少人的记忆发生关联？又能关联多少人的美好记忆？

播洒尘世的花香

　　古筝淙淙，变幻动人的旋律，在清朗的阳光中流淌。印象中，就是在这样的意境里，她，像提篮散花的仙女，将尘世里种种打动人心的花朵，轻轻拈起，放在温馨的文字里，柔情地洒向四方。清风曼舞，拂散质感的花瓣，一缕缕醉人的花香，种子一样，随了那些春雨般的文字，落入万千读者的心间。清新、善良、纯朴，亲情之真、爱情之挚、人情之美，这些美丽鲜嫩的芽，便在一片片心田潜滋暗长。她，就是丁立梅。那个盛满花香的篮子，就是丁立梅的散文集《风会记得一朵花的香》。

　　爱，是这部散文集的主旋律。爱自然，爱艺术，爱亲人，爱尘世。爱如繁花，在丁立梅的文字里，安静清丽地绽放。你读了，心头一阵阵暖，一阵阵欣喜。于是，凡来尘往中，数不清的"小欢喜"，也在你的生命里，"唱着歌，跳着舞"，让你更深地爱上了凡尘俗世。

自然的花花草草，都惹得丁立梅喜不自胜。随了她的文字，赏《虞美人》，看《蔷薇几度花》，细察《槐花深一寸》，怀想《一团粉红，一团鹅黄》，向往《满架秋风扁豆花》……每一朵花开，都引出一缕缕愉悦的暗香，引出一段段静美的回忆，一刻刻哲意的思考。读着这些文字，似乎闻到了各种花的香，便如她的学生，认识了榆叶梅、结香、鸢尾花、虞美人、金钟花……彻悟出"活着的最好态度，原不是马不停蹄一路飞奔，而是不辜负。不辜负身边每一场花开，不辜负身边一点一滴的拥有，用心去欣赏，去热爱，去感恩。每时，每刻"。

对音乐的痴迷，让丁立梅成为音乐的知己。从英国民谣《绿袖子》，到加拿大歌曲《布列瑟农》，再到国内的箫笛之作《追风的女儿》，古筝曲《且吟春踪》，钢琴曲《冬阳》，马头琴《天边》，埙音《追梦》，都被她解读得山高水长，风生水起。她与音乐，是现代版的《高山流水》。她铮铮地拨着文字的弦，再听那些歌、那些曲，你多了热爱，少了懵懂。

亲情，是这部书中最暖的部分。《六个柿子》写历经沧桑的父亲千里迢迢地从乡间赶到城里，小心护着给女儿的六个柿子。《爱到无力》写日渐苍老的母亲欢喜着孩子们的归来，到厨房里，昔日的利落却消失殆尽。《远方的远》写男人患了肝癌，却给女儿一个童话般的憧憬，说自己要去的地方，是远方的远，总有一天，女儿和他，会在那里相聚。《不要对那个人叫喊》中她告诉校园里的孩子，不要对父母叫嚷，"他们或许贫穷，或许丑陋，或许木讷，可是，他们的爱，一样醇厚，一样珍贵，因为，那是血浓于水"。《小扇轻摇的时光》中，月下，她与母亲乘凉，手执母亲递过的扇子，也珍惜着，把握着小扇轻摇的时光。《秋夜》她伤感外公、外婆、祖父、祖母等生命中的人一个个离去，却因爱人的一句"我们好好过"，悟出彼此活在美好的当下，就该好好相待，共享秋夜的宁静，现世的安稳，不浪费每一寸光阴。

更多的，书中写凡尘里，形形色色的人。花园里，雍容的花树馥郁着；菜畦边，凡俗的草也绽开了浅淡的香。自然林林总总的花，像极了尘世各色各样的人。理发店的学徒，瘦小的修车人，身体残疾的街头画者，穿红着绿耳边插花的智障女子，湮没于滚滚红尘，就如院墙边的扁豆，草垛后的狗尾草，在寂寂的角落里很认真地开着花。有情有爱的凡夫俗女们，被丁立梅发现，并被邀入她的一篇篇文字里，鲜活起来，生动起来，以至让读者感动于世间的千般美好。

《五点的黄昏，一只叫八公的狗》中，丁立梅写无意中看到《忠犬八公的故事》的片子，"整部片子，没有过多的曲折，不过是些小场景、小事件。人在慢慢老，狗在慢慢老，情却没有老，且永远也不会老。它就是我们的生活，是被我们忽略的一些感动。它让我们对眼下平淡而寻常的日子，重又充满温情的期待，并且学会在生

命与生命之间，传递爱和忠诚"。

　　《风会记得一朵花的香》就如这样的一部片子，在看似平淡寻常的小场景、小事件中，向读者传递着爱与感动，让人对生活充满温情的期待，就如在一朵朵花的香里，期待一朵朵花开。风会记得一朵花的香，凡来尘往中，读着那些长短有致、设喻新鲜、温情婉转、内蕴丰富的文字，读者会深深地记住"丁立梅"的名字。一路播洒着花香的她，教人爱，教人感恩，对这扰扰尘世，是如此重要。

润泽心灵，助力成长

假日的校园，黄桷树下，她遇到一脸忧郁的初一新生娟儿。经她关切问询，娟儿流着泪递上给父母写了一半的信。娟儿的父母打工在外，三年未归。当别的同学假日回家与父母团聚时，娟儿却在空寂的校园里伤心、落泪……孤独的娟儿，信里满是对父母的不满和怨恨。她耐心地与娟儿长谈，谈娟儿的父母外出打工的无奈和艰辛，谈父母对娟儿的思念和对全家团聚的渴盼，教孩子理解和换位思考……

这个真实的细节，被她写进心灵成长小说系列。她，就是儿童文学作家曾维惠。她的心灵成长小说系列包括四本短篇小说集：《老屋的天井》《我可以叛逆吗，只一次》《那些回忆，和紫云英有关》《三叶梅也许知道》。扎根校园二十多年，课堂内外与孩子们朝夕共处，曾维惠老师用爱解读着孩子们的心灵。成长的烦恼与忧伤、困顿与彷徨、叛逆与回归……青春路上的种种问题，都被她写进故事里。小说中的人物和故事原型，很多是她关爱过的学生，他们来自城乡的各个角落，或留守，或家贫，或单亲，或智障……然而这些孩子身上，最终都洋溢出青春的热情和阳光，迸射出希望和向上的力量。故事中的人物、情节和场景，读来有似曾相识之感，无论孩子还是教师、家长，都会在这些故事的镜子中照见自己，从而反思得失，获得心灵的营养。

进城复读的贫穷山里娃华艳林，被取绰号"花鲜艳"。送他绰号的城市女生黄佩，被他戏称"惠普小姐"。面对学习压力和班级荣誉，他和惠普小姐间展开一系列"戏剧性冲突"，随着艺术节演出结束，爱调侃的惠普小姐乐于助人的侠女柔肠已深深打动花鲜艳，两人化"干戈"为"玉帛"。为拥有一条雪花牛仔裤，在惠普小姐的帮助下，花鲜艳靠收集废品挣得近五百元钱。然而，他日思夜想的牛仔裤，变成了母亲的新毛衣、父亲的新皮鞋和惠普小姐的全彩笔记本。系列中的许多故事情节，都如《我叫花鲜艳》的情节一样，在轻松幽默中展开，经山重水复，至峰回路转，终于柳暗花明。

《十月枯荷》写孝顺懂事的谷子因帮父亲挖藕经常迟到，班主任雷大炮惩罚过他，漠视过他，讲公开课时被低头窜进教室的他绊倒在二十来个听课老师面前。谷子在天黑前拼好雷大炮撕碎的书，回家面对的是奶奶的后事、爸爸的病倒和挖不完的藕……了解到实情的雷大炮，热情相助，解了谷子家燃眉之急，让谷子从此早早到校。雷大炮说话震天响，爱瞪眼睛，讲课张牙舞爪，唾沫横飞。这位与完美差之千里的班主任，却深藏一颗柔软温暖、深爱学生的热心。他的心，不正像十月枯荷下深埋淤泥中的雪白莲藕？这个性鲜明的班主任形象，让人联想到现实中的老师们，想他们这样或那样的不完美，更多的，会通过一些细节，理解他们那颗莲藕般的师心。

与青春相关的爱与友善，同情与宽容，呼唤与期待，奋斗与希望，构成这个小说系列的主题曲。小说的语言保持着曾老师一贯的轻盈婉美，音韵和谐。小说中的环境，充满鸟语花香，诗情画意：洁白的玉兰花，金色的黄花槐，红色的三叶梅，紫色的鸢尾花，大自然里的万紫千红，多姿多彩地绽放，为这唯美的青春主题曲翩翩伴舞。

处于青少年时期的孩子们读这几本书，在感受优美文字和意境的同时，被跌宕的情节吸引，被鲜活的人物感染，会解开心中困惑，化解情感难题，坚定前进方向，增添上进力量。这些真情的短篇，如清泉，似阳光，若花种，蕴含着润泽心灵、助力成长的力量。无论是孩子还是教师、家长，都会在阅读中潜移默化地受到感染，心灵变得轻盈柔软，温暖明亮。

给生命加一道文字的花篱

八九岁时，一个名为辘轳把的偏僻村子里，我家院墙还是简陋的玉米秸篱笆。夏秋之晨，明艳的牵牛花饰靓了朴素的篱笆。我还只是个爱种花的孩子，不知文学为何物，只知在驻足花篱边欣赏的乡邻眼里照自己喜悦的影子。

小学和初中，几乎所有的课本，我都做到了熟读成诵。条件所限，读过的课外书，只有一本《白话聊斋》和几本小人书。若说有过文字启蒙的瞬间，是在夏日自然的黄昏。村堤上，做中学老师的邻家大伯，指点着长堤绿柳，指点着堤外碧野，指点着夕阳红霞，出口成章，字正腔圆，句句深情。或许就是这文采飞扬、儒雅表达的镜头，春日阳光般唤醒了我梦想的种子。

　　十五岁，初中毕业考入师范学校，我兜里有了父母给的零花钱。最爱去的地方，是邮局门外的书报亭，电影院旁的新华书店。《散文》《儿童文学》《少年文艺》等国内文学期刊，《红楼梦》《战争与和平》《飞鸟集》等中外文学名著，涌入我阅读的视野，源源不断的书香润泽着向上的光阴。作文课之外，我拿起笔，在青春的纸页上，饶有兴味地写下第一篇散文，满怀希望地写了三年。每次去书报亭买期刊，也进邮局投寄稿件。那时涂鸦的文字，大多内容空洞，为赋新词强说愁，我却因语文老师欣赏的语调，因同学钦羡的眼神，而沾沾自喜。每日中午，全校近千名同学分散在食堂、教室、宿舍甚至露天的角落，一边吃饭，还可听校园广播。隔三岔五，就会有婉转悦耳的女声，或者温暖浑厚的男声，念出我的名字，诵读我的文字。彼时彼刻，寻常的馒头，都能嚼出蜜的滋味。生发的嫩芽舒枝展叶，梦想的轮廓愈加清晰：要让我的文字，变成别人的精神食粮。

　　十八岁生日前，梦想的枝头，开出第一朵清丽的小花，结出一颗颗希望饱满的种子。一本省级文学期刊发表了我的处女作。一篇千余字的小散文，写自己文学尝试阶段由关起门来冥思苦索到走入社会、生活、人群的经历感悟。期刊配发的评论，比我的散文还长，夸我的作品独具匠心：立意明晰，构思精巧；形象意境鲜明深邃；语言颇见功力，简洁、明快、精炼、形象，读来感觉亲切自然。突然而至的样刊稿费，热情洋溢的评点鼓励，老师同学的真诚祝福，汇聚成空前贵重的生日厚礼。多年后，那篇处女作，那长长的点评，我仍烂熟于心。青春最光彩的瞬间，定格在十八岁生日的中午：一群热爱文艺的同学，每人从食堂打来一样菜，放在学校书画活动室的简陋木桌上，凑成"隆重而丰盛"的庆祝宴。稿费换回的话梅糖，全分发给了同学们，却久久甜润着我的心；同学们送的笔和本子，成了追梦青春耕耘的犁铧和田园。

师范毕业，我做了老师，先到小学，再去中学，整整21年，教语文，兼班主任。工作满负荷，期间完成了汉语言文学专科、本科全部课程的自学考试，又经历了恋爱结婚、养育女儿、照顾老人的必修课。最初几年，反复感冒，嗓子沙哑，身体不适，梦想的种子休眠，日子繁忙而意义单纯。

几年后，我教小学毕业班。寒冬清早，天还黑着，我骑着自行车，后座上带着三岁的小女儿，从小城西南角的家出发，穿过一座城，到小城东北角的学校看早自习。路上，我一手攥紧车把，一手握住女儿的小手，默背一会儿《古代文学作品选》中的句段篇章，担心女儿睡着被摔，又赶紧和她对一会儿话。上完早自习，距学校不远的幼儿园才开门，再匆忙去送女儿。背诵名篇佳句的时候，给女儿讲经典童话的时候，引领学生阅读的时候，一颗颗文字的种子悄然萌动。为教学生作文，我开始示范引路。学生作文水平全面提升的同时，灵思妙语也常来我这里敲门。教初中时，我批改学生的作文，学生也把我的文章带回家批改。一个顽皮的男生，将我的短文交回时，总评之外，眉批旁批的文字，就有七八百，批语里流溢的，是最真诚的喜爱和激励。

2006年，我忙里偷闲，见缝插针，把自己的文字发到新浪博客。不久，有编辑老师将我的博文变成报刊上的铅字。怀着喜悦继续写下去，也重新开始向报刊投稿。渐渐地，文章发表成了寻常事。梦想的花儿一朵朵开出来，扮靓了我平凡的教育生活，也有丝丝缕缕淡香，飘香别人的生活。课堂作文时，调皮的小女生发现新大陆般，满脸崇拜地招呼我到她座位旁，站起身在我耳边兴奋低语："老师，百度您名字，能看到您好多文章！"语文教学和班主任工作，变得更加得心应手。阅读我文字的人，除了学生和家长，多了校内外的同行、小城内的文学爱好者，以及虚拟网络中诸多文友。

2011年秋，我离开学校到教研部门，学习、培训、听课、评课、导课、命题，工作更加琐碎而又严谨细致。然而，即使再忙，我也再不肯让文字的种子休眠。早起晚睡，挤时间读书作文，生活充实且溢彩流香。2012年至今，四本散文集《追寻花开的足迹》《青春的那把钥匙》《守住发芽的梦想》《爱上烟火遇见暖》先后出版，进入全国各地新华书店和当当、京东等。2015年出版的《青春的那把钥匙》平装本加印几次后，于2018年6月精装再版。几本书公开出版发行，让我拥有了更多读者。QQ里、微信里，常常收到阅读反馈的消息，那不带任何功利目的，清风明月般自自然然的喜欢，让我中年忙碌的生活散射出更多美与暖的光芒，飘溢出更加浓郁的芬芳。

最初的文字，从小我出发，多写与一己相关的亲情、友情、师生情以及对身边自然的观察、感悟。如今，取材范围扩大到山河岁月、社会人生，我尝试着让自己的散文散发艺术的魅力，从"我"走向"我们"，希望引发更多读者共鸣。

"守住发芽的梦想，才能留住生命价值最丰硕的希望。"我在一篇文中写下的这句话，是我几十年坚守文字梦想的座右铭。

去吉林省大山深处的偏僻乡村探访亲戚，亲戚邻居并不宽敞的院落边，枝繁叶茂的绿背景上，成千上万朵美艳动人的花，密密麻麻交织成一道飘香的花篱笆。我曾由此感悟：白驹过隙，忙忙碌碌间，除了至亲好友，我们很难走进更多人生命的院落，也难以邀请更多人走进我们生命的居所。然而，世间众生，却可以美好的情趣，以温暖的善意，以热爱和执着等，为生命加一道花的篱笆，让路过我们生命的人，分享一片明丽，一缕馨香。

几十年守一隅文字梦，所写多是轻短散文，工细与真挚有余，写意与大气不足。我以后的生活，想必依然忙碌，平凡小我，不敢奢谈文学。只是希望，我写下的文字，一如既往，扬真、向善、崇美，永远温润清莹，我人生的院落，永远有一道文字的花篱，有明丽与馨香，与路过的人分享。

第 三 辑

尘事雨滴

诸多细小的尘事，散落在平凡人间，润泽明净，恰如自然的雨滴。这些尘事的雨滴，助力着一些美好的生长——柔软的悲悯，关切和责任，坚持与希望……似新鲜的苔藓，悄然冒出，祥和的绿意，溢着生机。

抓奖

在我的搀扶下，老公公走进银行。瞧他那得意的神情，还没抓奖，就像个旗开得胜的大将军。

九十岁的老公公真是位老将军，参加过辽沈战役、平津战役、抗美援朝战争。他曾骄傲地回忆，辽沈战役期间，和战友在东北战场冰天雪地的夜里，急行军上百里。为防止掉队，每人胳膊上各缠一块白毛巾，互相拽着背包带，连成一串往前跑。那一夜又累又困，几乎睡着时，迷迷糊糊做了个美梦，他依然腰板挺直行进在队伍里。那一年他十九岁，行走如风，奔跑似箭。

九十岁的老公公依然腰板挺直，只是再也跑不起来，连最基本的行走，都蹒跚拖沓。行动慢如蜗牛的他，仍三天两头晃在外面。

上班下班时间，他坐在楼下花台上，看着我走出楼门走进楼门，大嗓门儿说上一两句话；我正午休，他会咣咣咣敲响我家房门，送来几个馒头、一两样蔬菜；听说姐姐姐夫要回来，他会痴痴地到小区大门口迎候……这家银行是他来得最多的地方。每月发了工资，来这里存上；每年几次，来这里抓奖。

我们和公婆，住同一栋楼的两个单元。为了这次抓奖，提前约好的时间还没到，他就在我家单元门外，按响了门铃。

走进银行，我吃了一惊。平时空荡荡的大厅挤满了人，黑压压的，几乎全是老人！六七十岁和八九十岁的老人，脸上或稀疏或稠密的皱纹，全都漾出喜气，招呼声、聊天声全都美洋洋的，仿佛都已抓到满意的奖项。

门内的银行职员给了老公公顺序号，离抓奖时间九点还有半小时。座位上坐满老人，更多老人挨挨挤挤地站立着，仍有老人推开玻璃门走进来。

我刚扶老公公站定，银行保安就推门进来，让我去挪车。因门外车位被自行车、三轮车挤满，我的汽车暂放在两排车位间的通道上。我跟随保安出去，把车开到马路边停放。

再进门，老公公已经坐下，银行职员请年轻些的老人让了座位。他正和旁边座位上枯瘦的老太太说话，见我站到身前，哆哆嗦嗦抬起大手，自豪地指着我介绍：

"我老儿子媳妇！特意请假陪我来抓奖！"老公公耳朵背，和

他说话要大嗓门儿，他说话嗓门儿更大。

"你今天准能抓个大奖……"老太太也大嗓门儿，微笑的皱纹藏不住内心的羡慕。她看上去比老公公小不了几岁，座位边倚一根拐棍儿。昨天知道老公公要来抓奖，我劝他别来，说缺什么给他买，他执意要来，我才请了假。其实公婆家里什么东西都不缺，哥姐离得远，偶尔回来必带很多东西，我们住得近，忙碌间虽不能天天过去陪老两口聊会天儿，但东西买得勤；不能常给他们做饭，就常网上订外卖。

老公公把手里四张奖券和一张序号条交给我，让我去抓奖，他继续和老太太聊，我听了几句，聊的都是儿女孙辈的事。

我挤到抓奖箱旁，时间还没到。对着奖箱排着一队老人。他们来得更早，领到了靠前的序号。九点钟，终于开始抓奖，老人们动作慢，好一会儿，才抓到 10 号。我挤回老公公面前，他还在和老太太聊孩子们，似乎刚才那些话，又被重复了一遍。

等待期间，我一会儿去看看抓奖到了多少号，一会儿回来看看老公公，一会儿担心地出门看看停在路边的车。

十一点多，终于挨到我手中的 129 号。我抓到两个六等奖，两个五等奖。六等奖是末等奖，奖品是牙刷，五等奖奖品是牙膏。我领了奖，老公公大概聊累了，闭着眼打瞌睡，皱纹间漾着笑，或许做美梦抓到了大奖。来时路上，他坐在副驾驶座位上说："我今年自己去抓了好几次，都是末等奖；你手气好，说不定能抓个大奖……"

人群里的老太太仍一脸羡慕，笑呵呵地看我搀扶老公公离开。马路边，我的车窗上，贴上了违章停车的罚款单。回到小区楼下，已近中午十二点，老公公似乎还沉浸在梦中抓大奖的喜悦中，笑眯眯地对我说："牙刷牙膏你都拿回去，我和你妈满口假牙，用不着这个。"

我回到家，把牙刷牙膏放进以前老公公送来的牙刷堆里，给在几十里外工作的爱人打电话，笑着给他讲抓奖经过，笑他老爸像个孩子，做梦抓大奖，又佯装嗔怪他老爸耽误我上班，害我被贴了罚单。放下电话，我又觉得老公公没有做梦，曾经在战场上出生入死也无所畏惧，却害怕忍耐晚年寂寞的老将军，今天是真的抓到了大奖。那奖品，是整整半天有我陪伴身处人群的幸福光阴。

"拾"事拾零，拾级而上

　　"拾"读"shí"音，一个意思是收拾。拾掇与收拾是近义词。拾掇家务，家被整理得洁净整齐；拾掇钟表，旧物被修理如新；拾掇违反规矩或法律的人，不良行为受到惩治。

　　"shí"音的"拾"，最重要的意思是捡，有物在地，用手拿起。童年的秋天，门外飘落的黄叶，田间遗漏的花生，我捡入筐内，拾得灶前的暖，唇齿的香，拾得与收获有关的成长。

　　因生活贫困等原因而拾取柴草、田地间遗留的谷物、别人扔掉的废品等，是"拾荒"。"拾荒"一词，关联着勤劳节俭等品质，即使生活贫困又如何？以拾荒为营生的人，比那些不劳而获的乞丐要高贵得多。因车祸离世的杭州退休教师韦思浩，生前拿着五千多元的退休金，本可安心养老，却选择拾荒的方式捐资助学十余年，被誉为"精神世界的拾荒者"。

义为捡的"拾"，常与"丢"相对。丢的若是芝麻绿豆，倒也风平浪静，心无涟漪。丢手机的滋味却迥异。同事与我，同样是坐别人的车回家，在小区门外下车时，手机从座位还是口袋中滑落到路边而不知，待发觉时回去找已无踪影；同样是心急火燎借手机一遍遍拨打自己的电话号码。一部手机，珍藏着我们与世界交流的串串密码，关联着太多隐秘的记忆，一瞬失落，心中风云乍起，波涛暗涌。回顾发现手机丢失的那一刻，同事说，丢的若是几千块钱，绝不会这么心疼。我拨出自己的电话号码后，手机已是关机状态，从此杳无消息；同事拨出自己的电话号码后，手机被陌生人送还，失而复得。拾取他人遗失的东西，据为己有，是"拾遗"。拾我手机者，所做就是拾遗之事，拾获财物的同时，已然丢失了道义。丢过手机这样贵重的东西，我对"拾金不昧"的美好内涵感悟更深：拾到钱财不藏起来据为己有，而是想方设法物归原主，璧还失物的同时，人格的完璧熠熠生辉。

青春时代，母亲命我在屋内灌水，痴迷读书的我，大概正读抓鸡的故事，于是放下书跑出屋外，费好大力气抓回一只鸡，惹笑了一家人，并被笑谈多年。20世纪初，在北大主讲国学的黄侃，一次看书入迷，竟把馒头伸进砚台、朱砂盒，啃了多时，脸被涂花也未察觉，来访的朋友捧腹大笑，他还感到莫名其妙。凡夫俗子、古今

名人，读书、绘画、写诗、作文、对弈，方方面面，关乎趣的内容不胜枚举。把某方面有趣的材料收集起来，即"拾趣"。学会拾趣，于现实中，于记忆中，于阅读中，于行走中。拾趣之举多多益善。懂得拾趣的人，生命会增添轻松的韵味，高雅的情致。

"拾遗补阙"，补充他人遗漏的事物或缺失的地方，成人之美，也是可圈可点的表现。"拾人牙慧"的事最好禁绝。拾取人家的只言片语当作自己的话，人云亦云，是东施效颦，写文章的人和著书立说者应视为大忌。

把某方面零碎的材料收集起来，是"拾零"。元末明初著名学者陶宗仪，躬耕田园也随身带着笔墨，田间干活或树下休息时，每有治学心得或重要事情，就记录在树叶上，回家存放到坛子里。十年过去，树叶装满了十几个坛子。他把坛中树叶加以整理、抄录，写成著名的《南村辍耕录》。陶宗仪坚持拾零，历史上有了"积叶成章"的故事。坚持拾零，可积沙成塔，积微成著，积羽沉舟，是拾到佳境"拾级而上"的过程。

"拾级而上"，"拾"音为"shè"，义为轻步而上。轻步而上，逐级登阶，就有希望升堂入室，登峰造极。

童年的梦想

六一将至，我发短信给女儿，问她近期有什么梦想，儿童节想要点什么。女儿很快回复："我希望期末考试取得好成绩，钱能够花到放假回家时。至于儿童节，我已无欲无求了，你应该问问舅舅家的小宝儿想要什么。很想吃你做的早饭，你每天做好能空运过来该多好！"

考试取得好成绩，有限的钱能够花——女儿的梦想不正是我曾寄托在她身上的梦想吗？可是，我却怅然若失。儿童节，是属于正读小学的小宝儿的。在几千里外读大学的女儿，已把儿童节看作再寻常不过的日子。她想吃我做的早饭，这与节日无关，可是，即使这小小的"梦想"，若非她放假回家，我也无能为力了！

我想起女儿的那些童年梦想。

女儿曾梦想养一只小狗。那时候，我的梦想是女儿能够专心学习，成绩出类拔萃。一次回老家，弟弟送给女儿一只刚满月的小狗。女儿欢天喜地将小狗抱回家，小心翼翼地呵护、照顾。上学离家时，她抚摸着小狗，恋恋不舍；放学回到家，她与小狗嬉戏，耽误了写作业；晚上睡觉时，她一次次起床，给小狗喂水、喂食。上课的时候，女儿一定也想着她的小狗吧？因为担心她睡眠不足，学习受影响，我便下定送走小狗的决心。与小狗亲密接触一周之后，乖巧的女儿噘着嘴，含着泪，服从了我的决定。

童年的女儿，也是热爱自然的天使。她喜欢花鸟鱼虫，喜欢风云雨雪。对自然的这份真情，她梦想得到我的共鸣。暑假里，她痴痴地伏在窗前，窗外有几只麻雀在叽叽喳喳。"妈妈，快来听啊，麻雀们唱得多动听！"我正在打扫房间，随便应对一句："妈妈忙着呢，你自己听吧。"

寒假，下雪了。鹅毛般的雪花飘飘洒洒，在院子里铺了厚厚一层。女儿快乐地跑到我身边："妈妈，陪我去院子里堆个雪人吧！"我正读一本散文集，陶醉于优美的文字里，头也不抬地说："宝贝儿，你自己去吧。"女儿独自走出家门，过了许久，才回到屋里。她一脸的兴奋："妈妈，快去看看，我的雪人，漂亮得很，路过的大人，都说可爱！""妈妈得给你做饭了，你也去写作业吧。"女儿悻悻地回了卧室。第二天我出门的时候，见女儿堆的雪人，孤零零地站在院子里。堆雪人时的女儿，也是孤零零的吧？

童年的女儿，已经显出了多才多艺的天赋。她喜欢画画儿，八九岁时，笔下的形象就形神毕肖，栩栩如生。她同样有着极强的乐感。我们决定让她学习钢琴，因为觉得弹琴可以促进智力的发育。从此，练习钢琴占去女儿文化学习之余的大部分时光。日益流畅动听的琴声，湮没了女儿的"画家梦"。高考结束，早已拿到中央音乐学院业余钢琴九级证书的女儿，网购了《五天学会绘画》等与画画儿有关的书，然而，如我们所愿步入重点大学的女儿，已经无法再圆"画家梦"了。

女儿读小学五年级时，我偶尔看到她写的一篇作文。作文用第三人称写一个女孩儿的故事：为了听爸爸妈妈的话，女孩儿一次次放弃自己的梦想，付出了很多努力……作文中的那个女孩儿，不就是我的女儿吗？

当女儿步入大学的校门，闲下来的我，时时回想女儿的童年，反思自己施予她的那些教育。乖巧懂事的女儿，努力追求和实现的，几乎都是父母的梦想啊！女儿放弃了那么多自己的梦想，回望童年，是幸福和快乐的吗？

女儿曾说过，没有堆过雪人的童年不是完整的童年。那么，没有陪孩子堆过雪人的父母，是真正懂得孩子的父母吗？

又一个儿童节来临，我真诚地希望，我们的梦想湮没女儿童

年梦想的那些遗憾，不会在更多的父母身上重现。年轻的爸爸妈妈们，不妨多俯下身来，问一问孩子："你有什么梦想，需要我们帮助实现？"

别样假日

剪草机轰隆隆响，满校园的青草香。教室内的空调也在呼呼作响。单调的噪声，和着悦耳的鸟鸣、蛐蛐的吟唱，将本来难熬的酷夏时光，烘托得静谧、清凉。洁净、美丽的大学校园，花木葱茏，绿荫匝地，似与天气的炎热和尘世的喧嚣无缘。怪不得准备考研的女儿，执意放弃回家度假的舒适，坚持在学校复习！不知道，这样美好的环境，她是否会心存感恩地珍惜？

因为也有暑假，不远千里到大学陪女儿，我是格外珍惜的。我看到了，骄阳下剪草工人的汗珠化作草坪上的露珠，教室外的保安将晨曦守成夜空的星辰……为了暑期在校学习的部分学生，默默无闻的校工们仍在酷暑中坚守岗位。

　　大学所在的成都，是中国有名的历史文化名城。然而，武侯祠、杜甫草堂、都江堰等众多名胜古迹，须顶炎阳穿高温挥汗而至，都不足以吸引我舍弃宁静、清爽的大学教室。最喜欢坐在教室的第一排，面前摊一本书，或放一台笔记本，静静地读书或写作。

　　梁启超在时务学堂培养救国人才，每天上课四小时，课余办理校务、批答学生作文和笔记，每次批答，有的在一千字以上，忙得常常熬夜，最后累出大病。读到这样的历史细节，我感动得唏嘘不已。"我，坐在斜阳浅照的石阶上，望着这个眼睛清亮的小孩专心地做一件事；是的，我愿意等上一辈子的时间，让他从从容容地把这个蝴蝶结扎好，用他五岁的手指，孩子慢慢来，慢慢来……"读着龙应台温暖而理性的生活散文，内心也充满款款深情。我昔日的小孩，早已远离五岁的年纪。教室里埋头学习的她，正值人生最美的年华。她的"蝴蝶结"，是到某知名高校读研深造的梦想。尚不知她能否如愿以偿，只希望，她能用二十岁的无悔拼搏，把梦想的蝴蝶结扎好。

　　一次次打开文档，我用笨拙却真诚的文字，记录当时的生活和心境，追溯过往的人生，也对未来作美好的憧憬。

　　和女儿同步作息，除一日三餐，早八点到晚十点，都在教室度过。初到时是7月初，学校里还有些课程。因为不知哪个教室哪天几点有课，所以我和暑期在校的学生一样，没有固定的教室。一天，我正坐在第一排闲翻一本书。一个戴眼镜的高个子男生从门外进来，看到我，径直走到我面前，毕恭毕敬地低声问："老师，请问，您一会儿在这教室上课吗？"面对这位彬彬有礼的男生，我的心先微笑了。微笑瞬间漾到我的脸上和声音里："没有课的，放心自习啊！"热爱读书的我，不好意思自诩"腹有诗书气自华"，却相信坚持读书，终能"读得眉间清气来"。或许，不惑之年的我，眉目间真驻扎了一丝书香清气，不然，就不会被误以为是准备上课的大学老师了。

大学教室里，最幸福的时刻，是把自己读成学生。静夜里，读书入迷，我和女儿都忘记了时间。突然，耳边响起一声催促："同学，要锁门了，该回去了！"这催促声，严肃中溢着爱怜。一抬头，锁门的阿姨站在我桌前。出门窃笑，以为自己真可冒充学姐，女儿一语中的："锁门的阿姨没看你的脸。"

或许，有人会说，年纪一把，好好的假日不休息，闷在大学教室里，读书作文何用？我想化用杨澜的话来作答：就算重回平凡的城，打一份平凡的工，洗衣煮饭，重新跌入繁琐，然而，因为经历这别样假日，享受了读书作文的"大学时光"，或许，同样的工作，有不一样的心境；同样的家庭，有不一样的情调；同样的后代，有不一样的素养。

尘事雨滴

　　傍晚，夏雨初停。几颗透明的雨滴，被旧屋后檐挽留了一会儿，才坠落在地。轻微的声音，落入尘世的交响，和那雨滴一起，瞬间没了踪影。檐下的苔藓，宁静而清鲜，似乎有新的绿意，正冒出来。

　　年轻的妈妈，从幼儿园接女儿回家。行至草坪边，遇到密密麻麻的蜗牛旅行团。圆着出游梦的蜗牛，浑然不知被人踩在脚下的危险。一些蜗牛，已失去生命。母女俩踮起脚尖，弯腰低头，开始救援行动。路上的蜗牛，一只一只，全被捡回草丛。女儿说，太多了，捡了四十多只。有新添的小宝宝，有蜗牛爸爸蜗牛妈妈，还有爷爷奶奶姑姑姨妈叔伯哥姐。其中一只巨大的，女儿提议拍照发朋友圈。那个湿润的黄昏，照片上身子舒展、触角细长、螺壳漂亮的大蜗牛，眼眸明亮蓄满怜惜的小女儿，以及妈妈配发的文字，让一颗颗悲悯的种子，落入朋友们心田。

颐和园的深秋，美得斑斓炫目。昆明湖中逶迤的西堤上，来往着沉醉的游人。秋风飒飒，高柳夹堤，黄发飘飞。飘落的柳叶，像一群被抛到岸上的小鱼，在堤上慌乱蹦跳。园子东南角，西堤将尽处，两个着灰色工装的人，急巴巴地奔来跑去，拦截着游人，指点着高柳，反反复复地絮叨。那是一男一女，六旬上下，身材都矮小，他们附近有笤帚簸箕，是园子里的清洁工。被指点的高柳，树梢垂挂着一大条被风刮折的柳枝，因为太高不能及时除掉，随时可能坠下来伤人。萧瑟秋风中，两个奔跑的老人，满怀关切和责任，成了颐和园最温暖的风景。

古城保定，一家上下两层、铺面崭新的书店，最醒目的书架顶端，置一块油漆斑驳的牌匾，上书四个古旧的红色大字——"小小书社"。25年前，风华正茂的店主，租下8平方米小屋，进了5000块钱图书，将一块木板刷上白漆，请文友写下这四个红色的大字作为店名。开书店的初衷，是释放满腔的文学热情，给自己和文友一隅放飞梦想的天空。曾经蹬着自行车、三轮车，栉风沐雨进书；曾经从早到晚守着店铺，盼不来几个顾客；曾经日渐红火，又逢电子媒体冲击，几度书海沉浮……苦心经营的书店，秉承着薄利销售回馈社会的良心，不断发展。几次搬迁，都带着这块牌匾，带着文学梦，带着逐渐壮大的文友队伍。25周年店庆那天，众多文友应邀从四面八方赶来，带着各自著作的图书。华发满头的店主，要为作家文友义务售书。他将最醒目的书架，作为当地文友图书入驻的"新家"。"当你选择了开始／就不要轻言放弃／靠你的毅力和耐心去坚持……"书架上"小小书社"的旧牌匾，店主自勉的诗句，洋溢着追梦的热情，散发着希望的魅力。

诸多细小的尘事，散落在平凡人间，润泽明净，恰如自然的雨滴。这些尘事的雨滴，助力着一些美好的生长——柔软的悲悯，关切和责任，坚持与希望……似新鲜的苔藓，悄然冒出，祥和的绿意，溢着生机。

善之暖溪，源远流长

电影结束时，已近午夜。从影院的楼梯下来，身体迅速被冷冽侵袭。推开楼门，漫天冰凉的雪花，簌簌地往人脸上扑。

这是入冬以来的第一场雪。如果不是出来看电影，这么晚应在梦中，哪里感受得到窗外飞雪？多日盼雪的心得到满足，哪里还在乎晚不晚、冷不冷？漫步于影院门外的世纪大道边，仰面迎雪，俯首看雪，用手机拍雪，雪花在明亮的街灯下飞，灯光里闪烁着洁白的惊喜。

回到小区，路灯昏暗，走在朦朦胧胧的雪花里，像置身梦境。一辆汽车缓缓向小区外开，车灯照亮一片惊艳的雪花。我站在这光芒和雪花里，忍不住举起手机迅速地拍。拍两张赶快闪开，给汽车让路。车竟然停下了，车灯放射着友好的光芒。车主是在有意为我照亮，成全我留住美好瞬间的心思。善意像圣洁的雪花，融入心底的暖流，晕出美丽的涟漪。

到家看朋友圈，有报道正在热传：公园内，两男童在湖上玩冰落水，两位母亲一个姐姐跳入水中相救，妇孺五人被困冰冷的湖中。三个陌生男子先后跳入湖中，将五人全部救出。媒体采访救人后默默离开的三个男子，其中卖棉花糖的男子坦言真实的想法："看着水里那一沉一浮的小脑袋，我要是不去救人就是个混蛋！"感动之际，有温润的泉水，跃入心底那条溪，溅起动人的浪花。

回想着电影《无问西东》的情节，暖暖地梳理回味。

"什么是真实？你看到什么，听到什么，做什么，有一种从心灵深处，满溢出来的不懊悔，也不羞耻的平和与喜悦。"这是1923年，清华大学梅贻琦对学生吴岭澜说的话。梅贻琦定义真实的"不懊悔，也不羞耻的平和与喜悦"，便是贯穿影片始终的善意。

1938年，日军轰炸昆明。防空警报拉响，西南联大师生被迫转移。成为教授的吴岭澜对让他先走的学生沈光耀说："哪有学生不走，老师先走的道理？"生死关头，吴岭澜捧起鸽子笼，不忘救白鸽。沈光耀受教授言行影响，在独善其身与效忠祖国之间，毅然选择后者，成为空军"飞虎队"的一员。沈光耀冒着危险空投食物给苦难的孤儿，在殊死搏斗的战场上放弃驾机逃生的机会，撞击日舰与敌人同归于尽。

1962 年，被沈光耀救过的孤儿陈鹏在清华大学读书。陈鹏好友李想和王敏佳曾一起写信批评欺负中学老师的师母，后来，王敏佳因写信事件被批斗，李想为圆支边梦想违心闭口。进行核研究的陈鹏赶回，面对被批斗"至死"的敏佳伤心欲绝，一颗爱心从死神手中召唤她回来，让她重燃生的希望。负疚的李想被陈鹏感动，在边疆牺牲自己的生命救了张果果的父母。

2012 年，张果果被职场斗争淘汰出局，却不肯与耍弄阴谋者同流合污，坚持救助生有四胞胎的贫困家庭。

影片中的吴岭澜、沈光耀、陈鹏、李想、张果果等角色，多有历史原型，而梅贻琦正是清华大学曾经的校长。他们和现时勇敢救人的三名男子，用大善溅起动人心弦的温暖浪花；为我停车照亮的车主，用小善晕开润泽心灵的温情涟漪。

善意的暖溪，连起的不只影片中四个时间点跨越的九十年，融汇的也并非几代人内心的"真实"。流淌到今天的善之暖溪，贯穿着尘世的因果，源头在更遥远的过去，向着更久长的未来，在"平和与喜悦"的"真实"人性里温暖交接，纵横延伸。

寒天记暖

腊月天，寒气飞旋，无缝不钻。

夜晚的寒气，比白天更浓重几层。晚上去商场，商场侧门就开在我居住的小区内，距我住的 6 号楼不过几百步远。几百步走过来，家中带出的温热已被冷风抽尽。瑟缩着跑向侧门台阶，恨不得马上拉开厚重的玻璃门，掀起厚实的棉门帘，疾风般闪进门内的温暖中去。

有人已在门前，比我早到几十步。是位年迈的阿姨，大概要去商场买东西。她吃力地拉开玻璃门，缓慢地侧身，却不急着进去。她用身子和一只手将门抵住，再把棉门帘掀开一道缝，娴静地回头，微笑着等待我上台阶。这个阿姨，虽和我同住一个小区，但面生得很，似乎从未见过。她又像熟识的老邻居，站在寒风中愉快地等待，只为省去我拉门掀帘的麻烦。一道明亮的缝隙，静止在她身边，内里是融融的暖意。

南方大雪，北方更是冷冽。傍晚的北京西客站，我在候车室等候一个多小时，却等来动车晚点两小时的消息。一路小跑去改签窗口，几个窗口外都排着长长的队。原来，由于大雪原因，南去的列车大多晚点。

动车由北京西出发，到我居住的京南小城，只需30分钟。本来和爱人约定，他到小城车站接我。约定时间时，还不知动车会晚点。已到原来的发车时间，爱人应该准备开车向车站行驶了。能坐几点的车回去还没定，得微信或打电话告知，让他别急着去车站，以免等太久。事先没有预想到，手机偏偏在这时欠费！更巧的是，等车时一直玩微信，得到晚点通知前，流量就已用完；绑定微信的银行卡居然也没钱了！

借别人手机打个电话应该是很容易的事吧！排在我前面的中年男子，身材高大，着装整洁，看背影，颇似成功人士；排在我身后的中年男子，身材高大，衣衫讲究，神色安宁，满脸富态。两个男子，都在低头看手机。

我扭身看着身后的男子，低声请求："您好！我手机欠费了，可不可以用下您的手机，给家里人打个电话？"他傲慢地瞥了我一眼，视线又回到手机屏幕上，嘴里吐出几个字："你别用我的打。"

我从队伍里侧身向前，稍微抬高声音，将刚才的请求对前面的

男子重复了一遍。那男子依然低头看手机，没有抬头，也不作声。我的话，他难道没听见？

身前身后的男子沉默着，我不好意思再重复请求，也沉默了。大厅里没有空调，我穿着保暖的羽绒服，仍觉得冰冷绕身，冷气袭心。

队伍前面，一个体态丰盈的女子转过身来，举着手机递向我："你用我的打吧。"

我接过手机，快速拨号。寥寥几句和爱人说明情况，告诉他不必着急，再等我消息，便挂断电话。

我道着谢把手机递回去。望着女子温润的面容，听着她温柔的"不必客气"，心底升起一股暖流，慢慢烘热周身的血脉。

眼前浮现地铁出口的一幕：如潮的人流，涌向通往地面的电梯。电梯上，水泄不通。倾斜的大理石台阶，一级级曲折向上，望不到头。一位年轻的父亲，怀抱四五岁的小女儿，威武地踏在台阶上，风姿潇洒卓异。

冷飕飕的空气中，回响着父女俩的对话——

"宝贝儿，冷不冷？"

"爸爸抱着，不冷。"

父亲坚实的脚步和有力的怀抱，给了小女儿一片温暖的春天。希望小女儿长大后的寒冬，独自行走于尘世薄凉里，依然有暖阳入心，有春意萦怀。

也希望我寒冬记下的一笔笔暖，化作缕缕永恒的暖阳，化作丝丝不老的春意。

让灵魂怒放

元旦前一天，收到三本新书，作家毕淑敏的温润幸福系列。书寄自当当网，但我分明没买这几本书。问爱人和女儿，也非他们所买。努力回想相关线索，只忆起在网上和哪位朋友交流时提起过毕淑敏，但却想不起那位朋友是谁。

定是哪位知我爱书的朋友寄来的新年礼物了！这位朋友以不留姓名的方式，让我感动之余，也颇为惭愧。

惭愧的是，刚刚过去的一年，读书甚少，且都是囫囵吞枣。教研业务和文学类的书，累计读了二十本，却都是走马观花匆匆翻过，书名之外再难记得什么。走马观花的原因，自己常心安理得推给一个"忙"字。和前年相比，去年是真忙了许多。作为教研人员，三

天两头到学校听课，隔三岔五准备教研活动，再加上外出学习、讲座培训、编写读物、出题校对等，工作诸事将很多日子塞得满满的。去年的忙，何止工作之事？人到中年，承上启下，婆婆因感冒和关节疼痛两次住院，公公元旦前突发面神经炎，每天要用半天时间带他去医院针灸治疗。女儿大学即将毕业，面临考研和工作的选择，作为家长也当然要费些心神。余下许多鸡毛蒜皮的琐事，将一年的时光分割得更碎。回头一望，旧年2014，如阳光照耀下的海波，起起伏伏，一片忙碌晃眼的碎时光。

细思忖，时光还是有闲的。不然，那二十本书如何能翻完？只不过，心浮在忙碌的海波上，缺少静下来的定力。那些睿智美好的文字，才成了浮光掠影，转瞬即逝。没有深入文字接近作者的共鸣，没有铭记和深思，被阅读之根滋养着的灵魂之花，便没有含苞吐蕊的动力。去年时光中的闲，又何止翻完那二十本书的光阴？因为那些闲时光被忙碌分割得琐碎，也便有了充分的理由将其闲置。

面对自己喜爱的作家的三本新书，惭愧之际，静静反思了一回，倒算是没辜负新年来临前的短暂光阴。

"给自己一段柔软的时光，让灵魂安静地绽放。"这是《人生终要有一场触及灵魂的旅行》封面上的句子。毕淑敏温情润泽的话语直抵心灵深处，落地生花，是一朵新年的希望之花。新的一年，依然会忙，然而总会有一小段一小段的闲散时光，可以捡拾起来，让其因为阅读的滋润变得柔软，让灵魂安静地绽放，从而独属于自己，丰盈忙碌的日子。人生中触及灵魂的旅行，在我看来，包括绽放灵魂的阅读，可以一场接一场。

让我的闲散时光柔软起来的，除了阅读，更要感谢写作。那位以书为新年礼物送我的朋友，虽未留下姓名，与我，一定有过灵魂的相遇。或是因为对阅读的喜爱，或是因为对写作的衷情，或是因为我拙朴的文字。我愿意新年如旧年，用写作换来的微薄稿酬，换得一本本新书，作为礼物，送给熟悉或陌生的大朋友、小朋友，让他们的时光柔软、灵魂绽放。

新年伊始，祈愿阅读写作的柔软时光，一段又一段，吐蕊飘香，攒成一簇又一簇，让灵魂怒放。

行走与遇见

　　走着走着，又到了新旧年交替的路口。回眸我的旧年，很多时光，行走在路上。在行走中耕耘，遇见许多预期和意外的美好。

　　工作中寻常的行走，是到学校听课、评课。行走在城市和乡村的校园，静坐过上百个四十分钟，课堂上边聆听边记录，边思考边写评。课下交流，面对虚心的同行，交付真诚与热情。雾霾笼罩的黄昏，我曾开车徐行，把网购来的业务书，送到年轻老师的手中；也曾在夜深人静时，浏览优秀教师从 QQ 里传来的教学设计或教育随笔，推敲某个环节的设置或某个词句的运用。萧瑟寒秋，乡村同行送我一个硕大的青白葫芦，那是我遇见过的个头最大、模样最周正的葫芦。如今，葫芦已干透变黄，摆放在我家客厅最显眼的位置。

"葫芦"的谐音，是"福禄"。我不迷信，且向来把钱财看作身外物，一颗淡泊的心，却总被这"福禄"激起爱意和"贪念"。硕大周正的葫芦里，珍藏了多少自然和人性的"福禄"呢？

偶尔在假日外出，览名胜，访古迹，是很惬意的行走。劳动节，一家三口游苏杭。先到杭州，走过断桥，漫步苏堤，花港观鱼，和雷峰塔一起在夕晖里沐浴，赏遍向往多年的西湖美景；再置身曾在梦中反复出现的白墙黛瓦、小桥流水间，圆梦苏州。在满城飘着植物香的娴静杭州，遇见以香樟为代表的繁茂花木，遇见汽车随时随地为行人让路的交通规则。在杭州赶往苏州的火车上，因纵情游玩而筋疲力尽的我，几乎睡了一路。一上车便昏昏睡去，却不想错坐了苏州小伙儿的座位。坐到本属于我的座位上的，应该是持有无座票的乘客。小伙儿不忍唤醒我，默默站在过道里。我醒来时，距苏州只还有一站，车上有了空位，他才坐下。如果不是主动问起他座位的事，我将无缘得知他的温善、大气。

阅读报刊书籍的文字，与古今中外作家心神际会，是一种自我提升的行走。忙里偷闲，坚持读书如旧时，也继续做写书的旧梦。上半年，应出版社之约，写一本温暖的美文集，6月末交稿，动笔时已近3月。挤出所有可以利用的时间，对着电脑文档或手机笔记，零敲碎打，聚沙成塔。每日平均千余字，书稿按时杀青。写作的路上，我本是一只慢而笨拙的蜗牛，慢条斯理坚持爬行，竟也按计划抵达目的地。整理校对时，回顾那些文字中的风景，也多是生命中的行走与遇见。

因为走入读者视野的文字，10月下旬，受邀参加了《思维与智慧》杂志的笔会。在盘锦，见到了我写作旅途中遇见的贵人——给文字做嫁衣的编辑老师。他们的年龄和高矮胖瘦参差不齐，却都儒雅温厚，平易可亲。也遇见了十余位作家，与其中几位，在文字中神交已久。笔会期间同居一室的纳兰泽芸小妹，清晨四五点，我还在梦中，她已躲到洗漱间读书。同在保定地区做教师的马德，早有文章入选学生教材，各种课外读本中的选文难以计数。来自黑龙江的朱成玉，一篇《落叶是疲倦的蝴蝶》，在八年前的高考语文试卷上，作为记叙文阅读材料，就惊艳了我文笔出众的学生。同行几日，他们让我更加坚信：没有随随便便的成功，只有积叶成章、积年累月的精彩。这次笔会，在我2016年的行走中印下浓墨重彩的足迹，将让我在文字旅途中步步踩实，去追逐独属于自己的风景。

因为文字，也遇见几个无助的孩子。稿费少得可怜，托朋友或亲自送到孩子手里。或许，我放飞的点点萤火，会让他们遇见一线温暖和希望。

展望新年，我会把更多的时光，付诸从容无悔的行走。一些预期的美好已微笑而来，比如将在新年出版的新书；一些意外的美好正悄然等待，等我在偶然的瞬间，遇见必然的花开。

在忙碌的田边，修篱种菊

单位布置年终总结。这么快就年终了？看日历，真的是新年在即。

这一年做了些什么？脑子里一片茫然。这一年的大部分时光，只觉得忙，以致忘记自己忙了些什么。就像日以继月在田里忙碌的农人，到了收获期，望田园无际，畦畦垄垄皆相似，竟辨不清自己汗水育出的是哪一片果实。

刚随六位同事到北京参加某项比赛回来，成绩可观，得到领导褒奖。想到参赛前，为了大家在语言表达上的提升，我对着全国最高水平的同类比赛视频一遍遍观摩，一次次暂停，一句句记录，反复推敲得其精髓，再以此点拨启发几位同事。类似细节将那几日填得充实饱满、细密无隙。及至北京比赛时，我们依然楼上楼下地跟

定他们，直忙碌到匆匆返程。这样的忙，若稍过些时日，也会忘记吧？因为这样的忙，和以前的诸多忙，似乎没什么两样。因为去北京两天，北京的繁华与我们无关，所住那条街的任何特征都无暇入眼。

这千日一面的忙，若无相关的记录提示，真是难想起。

"夏初，我们去乡里检查过教学常规工作。"同事的回忆，跳过整个忙碌的春天，直接进入初夏。"那天正好乡里集市，你买了几棵辣椒秧……"同事未说完的话，正是我内心所想。我眼前一亮，几棵嫩绿的辣椒秧历历如在眼前，那天在学校检查的细节也呼之欲出。那样的日子，如何能忘记？去时要赶早到学校，因此让开车的司机绕路而行。忙碌完毕，离开时已近晌午。请司机师傅依旧绕路到集市尽头等，我们俩步行穿过那段将散的集市。赶集的乡人大多已满载而回，余下的摊子也寥寥无几，然而我们看人看物都新鲜可亲。生在乡村长在乡村，那段残集唤起我们数不清的成长记忆。角落里的一个摊子，被挑剩的几棵小小的辣椒秧，嫩绿中泛着淡黄，新叶小手般在清风中招摇，"种豆南山下，草盛豆苗稀……"我们也曾有过与陶渊明相似的农事经历和美好情愫呀！那一天，我小心翼翼地带回那几棵秧苗，种在旧居的大花盆里。因为它们，忙碌的日子有了牵挂，隔三岔五地跑回旧居，浇水、上肥、捉虫，更多的是愉悦相对和欣然回忆。因为几棵偷得浮生半刻闲的辣椒秧，日子更添了些幸福滋味儿，下乡工作的细节也便记忆犹新。

清晰记得的，还有暑期我给即将做教师的大学生做的岗前培训。为保证培训质量，一年中最热的那些天，我伏在电脑前，精心准备了洋洋洒洒数万字的发言稿。讲座那天的情形，包括我去会场上楼梯时，两个大学生礼貌地向我打招呼时说的话，都没有忘记。怎么能忘记呢？准备讲座前的十几天时光，我在女儿所读大学的自习室里，随心所欲地读书、作文，安心陪伴准备考研的女儿，也甘做代理家长，关心素昧平生的孩子。有润泽温馨的爱相随，有半生衷情的书和文字相陪，十几天时光足可以重温的方式延长到余生几十年。面对大学生的培训，我就是从那十几日的幸福时光谈起，"珍惜教育签证，走向幸福人生"，这一培训主题的确定，也和那段时光密切相连。

因为与个人的情愫、情趣密切相关，几棵辣椒秧，一段散淡的消暑时光，便如开着闲适菊花的篱笆，成了两畦忙碌田园的标志，任凭何时回望，都明晰那样的田园独属自己。忙碌的工作田园被任劳任怨的汗水育出累累硕果，个人真情雅趣的闲菊也能围成扮靓田园的"东篱"。工作中恪尽职守，耕耘好自己的田园，也于业余时光生活得有情有趣，偶尔修篱种菊，乐享"采菊东篱"的滋味儿，这是年终总结之时，对新年最热切的期冀。

迎春的队伍

年前岁月一天天变短，迎春的队伍，便一列列排起来。

最早列好队，憧憬春之光影的，是城镇街边挂起的彩灯。腊月初，夜最寒。萧疏的枝头，一盏一盏红灯笼，被橙黄蓝绿紫的灯饰衬着，照暖了游子回家的梦。

梦的尽头，家中亮着一盏灯。灯火可亲，心境光明，春意氤氲。春晚，王菲、那英合唱《岁月》。我以为，其中两句歌词，恰好蕴含这样的意境。

"我为你留着一盏灯，让你心境永远不会近黄昏。"

"我心中不会有黄昏，有你在永远像初春的清晨。"

年终岁末，火车站、汽车站，售票窗口，一列一列，长得不能再长的，是回家的队伍。排进回家的队伍，就是要迎着春天出发。

由北京回我住的小城，除了坐火车，还可乘 838 路公交车。北京的 838 路起始站，在六里桥东。腊月二十七，我因事赴京，没买到当日返程的火车票，下午就排到等候 838 路公交车的队尾。一条望不见头的长龙，缓缓地向前蠕动。平日几十人的队伍，此时增至几百人；平日每隔二十分钟开走一趟车，此时车几乎一趟接一趟开走。我从队尾挪到队伍最前面，时间已过去一个多小时。上车时，回头看，一条望不见尾的长龙，仍在缓缓地向前蠕动。候车的队伍又排了几百人，多是拎着大包小包或移动着拉杆箱的游子。这条蠕动着的长龙，是千千万万回家大军的缩影。乡音熟稔，团圆在望，家中灯盏照亮的春意可期，寒天冻地间的等待，安静且从容。

春节假期，家，实在是个神奇的归处，是幸福的休息港，是生命的加油站。回家不过几日，疲惫一冬的人，便焕发出蓬勃的活力。

春节假期，举家外出的队伍，也让人瞩目。飞机、列车、大巴、家庭轿车，交通工具不一而足。队伍行进的方向，多由北而南。海南、云南、广西、广东……国内热门的景点，在最南面的几个省份。名义上的跨年旅游，实质和游子回家一样，也是迎春的仪式。浩浩荡荡的春意，是如何从祖国的最南端出发，一路向北，抵达自己生活之地的？阖家南游的队伍，想亲眼见证。

除夕，我们一家从河北小城高碑店出发，乘高铁转飞机奔赴云南。昆明、大理、丽江……一路游赏，饱览了蓝天白云、奇山秀水、古城老街。然而最拨动心弦的，是花事缤纷的明媚春色。初见大片大片盛开的郁金香、报春花，千树万树怒放的茶花，还有各色各样叫不出名字的鲜花，为那铺天盖地的姹紫嫣红惊艳。热烈绽放着的，也有许多北方常见的春花，白玉兰、紫玉兰，金黄的迎春花、油菜花……云南的春花洋洋洒洒，染得人满身满心都是春的气息。

元宵节前，回到河北小城高碑店。一树树玉兰，擎着一树树毛茸茸鼓胀的花苞；迎春枝上，也冒出密密的小"犄角儿"；田野里睡了一冬的油菜，和大片大片的麦苗一样，正准备睁开惺忪、嫩绿的眼。沐浴着暖阳，细细端详，枯瘦一冬的花木枝、沉寂一冬的土地，都充盈着蔚然的生机。

花事绽放、草木生发，与春天骨肉相连，让世界灵动秀美，春光无限。春风拂煦，由南向北。花草树木是迎春的主力军，也是春天大片的主角。它们在时空里排着长长的队伍，年年岁岁，以姹紫嫣红、葱葱茏茏，迎来蜂飞蝶舞、鸟鸣虫唱、雁燕北归，上演春回大地、春意盎然、春深似海、春满人间。

母亲与书

一

母亲带给我的疼痛，像一棵根深蔓壮的蒺藜，在心底固执地生长了很多年。

黑暗中，突如其来的疼痛袭击了我的脸颊，攻占了我的内心。床边站立的影子，与黑暗融合为一，声音低沉而熟悉，是母亲。年轻的母亲，不知听信了谁的邪说——女孩子磨牙，是恨爹娘不死。听到我磨牙的声音，她半夜起身，摸索到我床前，用粗糙的大手，把我从睡梦中拧醒。幼小的我一声不吭，委屈的泪，浸泡着一颗疼痛的种子。我心底的蒺藜迅速生发，就是从那夜之后。

尽管那夜之后不久，母亲从开卫生所的表嫂那里得知磨牙可能是肠道蛔虫所致，给我拿回治疗蛔虫的塔糖，成长岁月，每每触碰那夜的记忆，我的心仍会被蒺藜果实的尖刺扎疼。疼痛，默默伴随着对母亲迷信观念的怨愤。

这个早晨，与那个夜晚已经隔了四十年。母亲刚要吃饭，微信提示音响了。她对着手机屏幕，觑着老花眼一看，是我在询问她课本被要走的细节。她指尖熟练地拼着字，心底又一次被蒺藜果的尖刺扎疼，待点击了发送回复过我，已不知有多少颗泪珠滑落。这天的早饭，母亲是拌着眼泪吃完的。

课本被要走的旧事，曾多少次把母亲惹哭？大概她自己也不清楚。我的内心，少女时代离家求学前就已被母亲的泪浸软，随着读书渐多，愈加丰盈、祥和，母亲种下的那棵蒺藜，早没了踪影。母亲心中的蒺藜，却是根深蒂固，近六十年了，还在固执地生长。

我对着手机屏幕，看着母亲的回复。一行行字句，延伸成一条曲径，把我带到母亲的豆蔻年华。

大清河上空的夕阳像一只红气球，有人拽着一般缓缓飘落。橘红的晚霞涂满西天。一个疲累的少女——我的母亲，背起沉甸甸的一筐野菜，背对夕阳和晚霞，走出河滩，走上田间坑洼不平的土路，向着东边的土堤，向着土堤东边那个名为辘轳把的村子走。翻过土堤时，她已气喘吁吁，肩臂发酸。身后的夕阳和晚霞早已落下去。那天，她离开学校还没几天，心中仍存着一抹希望的朝霞。不能上学了，家中还有几本书，每天干完活，可以自己学习。书是她的新课本。升入四年级，新课本发到手里没几天，她就失学了。

十岁才进村里的小学，她多么珍惜迟到的上学机会！一年级到三年级，一年半没有老师，她早习惯了自己跟着课本学习。在班里她年龄最大，个子最高，学习成绩也最好。坐在最后一桌的她，做了三年班长。

一连串生了五个女孩儿的家中，我姥爷是唯一的男人，却常年工作在外。我的太姥姥和姥姥，一老一少两个女人，老的持家做饭带孩子，少的苦担着生产队里繁重的劳动。一场洪水，淹没了田里的收成，把本就艰难的家淹入更大的困境，更是冲走了她在班里永远考第一的梦。家里急缺劳动力，去生产队里挣工分、挣粮食，去田野间、河滩上挖野菜安慰一家人饥饿的胃口。妹妹们还小，已上中学的姐姐——我的大姨，和她一样聪慧勤奋，成绩更是在班里名列前茅。同样是高个子，可她比姐姐身体壮力气大，补充家里的劳动力她最合适。洪水退去的那个贫瘠黯淡的秋天，她永远地离开校园。十三岁的她，辍学第二天，就跟着我姥姥加入生产队劳动的队伍。每天黄昏回到家，只要捧起发放没多久的新课本，她筋疲力尽的身体和暗暗伤痛的内心，瞬间就得到慰藉。

那天黄昏，她背着筐进了家门。村里一个男人在家里等，是来要她的课本的。那个年代，学校里课本都发不够。男人的儿子升入四年级，没领到课本。她找出自己的课本，紧紧搂在怀里，眼泪扑簌簌往下落，说什么也不肯把课本给出去。空手而归的男人不肯罢休，

托人找到我姥爷要书。姥爷是她最敬重的人，在离家十几里的中学工作。姥爷回到家，慈爱地看着她开了口，把书给人家吧。课本恋恋不舍地离了她的怀抱，被男人带回家给了儿子。那抹与上学读书有关的希望朝霞，瞬间化为密布的雨云。怀抱空空的母亲放声大哭，泪雨滂沱，一颗疼痛的种子扎入她心底，瞬间生发成根深叶茂的蒺藜，蒺藜迅速开了花结了果。从此，她心底潜伏了带尖刺的蒺藜果儿。只要触碰课本被要走的事，她的心就会被扎疼。

多年后，母亲姐弟七人围坐在姥姥身边，姥姥对五个姨妈和最小的舅舅说："发大水那年，多亏了老二，帮我挣工分，给一家人挖野菜，咱们家才渡过难关。你们都有文化，就是她，没上几年学……"姥姥话没说完，母亲的眼泪，早稀里哗啦。

姥爷退休回家，喜欢讲陈年旧事，发人生感慨。那一次对着一大群孩子忆苦思甜，提起母亲的课本被要走的细节，方才还喜笑颜开的母亲，又一次泪如雨下。

姥爷生命的最后时光，对老姨说："你们七个当中，我和你妈，就是对不起你二姐，没让她上学……"姥爷去世后，姐弟相聚，老姨提起姥爷的话，六十多岁的母亲放声大哭，那伤心的情状，就像五十年前课本被要走时。

二

还不满十八周岁，母亲就嫁给了大她三岁的父亲。二十五周岁，

134

正值青春年华的母亲，已经被姐姐、我和弟弟三个孩子所累。孩子要养，家务要做，农活要干。父亲先是在村里当支书，后到镇里上班，每天早出晚归，帮不上母亲；我奶奶去世早，只有年迈的爷爷，偶尔能帮帮母亲。我年幼无知时，不理解母亲的艰辛。人至中年，在南京大学读研的女儿，也将近二十五周岁，却仍如公主一般和我撒娇。再回想青春华年的母亲，每天要顶着太阳到地里耕耘稼穑，从事繁重的劳动；要准备六口人的三餐，抱柴点火、熬粥、烙饼、贴饼子、蒸窝头，棒子面加咸菜丝的日子也要过出滋味儿；填饱一家人胃口的同时，要打野菜、剁野菜、喂猪喂鸡；洗洗涮涮之外，缝缝补补的针线活更麻烦，纳鞋底儿、做单鞋、做棉鞋，裁裁剪剪、做单衣、做夹袄、做棉袄……再回望深夜油灯下母亲那张年轻而清瘦的脸，心疼的感觉油然而生。

村里的孩子，大多虚岁九岁才入一年级。我们姐弟仨，一个一个在母亲的期盼里长到虚岁八岁，一个一个被她送进村里的小学。母亲的一双手，被漫长的劳动岁月磨砺得大而粗糙，灵巧而善于创造。这样的一双手，一次次拾掇出家中的碎布头，缝连拼接出结实又好看的书包。书包内装回的崭新课本，一次次点亮母亲希望的眼神。

每学期初，即将领新课本的日子，放学回到家，奉老师之命向母亲要钱。每次一开口，母亲都毫不拖延，立马掏钱。钱是早就准备好的。我初入小学时，每学期的课本费和学费加起来，也不过两三块钱。那些钱是怎么挣来的？幼小的我没想过。

晚饭后，矮小的饭桌依然在炕上。悬在房顶的 30 瓦灯泡散发出柔和的光芒。村子里常停电，很多个夜晚靠炕桌上一盏煤油灯照亮。我跪坐在炕上，课本和作业本摊开在桌子一边，小小的右手控制铅笔尖，在田字格或算术格内缓慢稚拙地起舞。母亲盘坐在炕上，一双大手的舞蹈飞快而娴熟，将大张的白纸折叠，用小刀裁成约一寸见方的纸片，用剪刀将白线剪成三四寸长的线段。桌上一碟一碗，分别装着她事先调好的红磷和糨糊。捏着线段两头交叉抻拉，中间系成豆粒大小的环扣儿，环扣儿置于纸片中间，用秫秸签蘸一点儿磷浆点在环扣儿上，再将两边的线头抻平，然后把纸片裹成紧实的纸卷，用筷子尖蘸一点糨糊均匀抹在最外层的纸边儿内侧，按压抚平，一只拉炮儿就搓好了。待糨糊和红磷干透，只要拽住拉炮儿两边的白线，使劲儿一拉，一声脆响，一朵磷火花开，就能将孩子的欢乐点燃。伴着我翻动课本的声音，母亲双手的舞蹈愈发轻快、流畅。她面容安静、祥和，与灯光呼应，泛出希望的光芒。深夜，我一觉醒来，炕桌前，母亲脸上的光芒，仍与灯光一齐亮着。晾干后的拉炮儿，每十个用皮筋捆成一小捆儿，每逢集市，母亲就拿去卖钱。她要搓多少个夜晚才能换回我们一学期的课本？幼小的我不知道。

也是深夜灯光下，母亲坐在矮板凳上，面对着水泥地上一排排花花绿绿的泥公鸡。她从村堤西面的大坑里挖来胶泥，加水搅拌好后抹在模子里，压制成一只只公鸡的形状。黑黢黢的泥公鸡晾干，再用几只毛笔分别蘸了白的、红的、绿的、黄的、黑的各色油彩，打底色，绘头颈和翅翼的羽毛，勾喙点睛，好几道工序，才能完成。为了贴补贫困的日子，母亲少女时代，就从我太姥姥那里学得制泥公鸡的手艺。幼小的我一觉醒来，迷迷糊糊下床，路过母亲跟前，一个趔趄倒下去，砸倒了一地泥公鸡。母亲不气不恼，把我扶起来。心怀歉疚的孩子，哪里想得到这些泥公鸡和课本的联系？

如今，享受着免费课本和义务教育补贴的孩子们，更难理解我母亲曾经的艰辛。

母亲的劳动史，与我们姐弟仨每学期领新课本的学习史并驾齐驱。我六岁时，生产队的田就已分到各户，几亩责任田足够一家人吃饭。担任田间主劳力之余，母亲做过的副业，从搓拉炮儿到制泥公鸡，还养过上百只下蛋的鸡，做的时间最长、最辛苦也最赚钱的是加工箱包。我们辘轳把小村所在的白沟镇，逐渐成为北方商业重镇的重要原因，就是箱包制作业的逐渐兴盛。箱包行业的大树，由萌芽滋长到枝繁叶茂、木秀于林，也有我母亲日复一日、年复一年双手的培植和汗水的浇灌。白沟镇上交易的市场，由露天的大坑到窄窄的老街，再到建了再建、规模越来越大的交易大厅，频频再现母亲高大疲惫的身影，卖拉炮儿，卖泥公鸡，卖鸡蛋，卖帆布包，卖皮革制的走轮包，卖真皮制的各式男包女包。母亲日日夜夜熬出来的手艺，与时俱进，不断翻新。

为我们每学期的新课本奋斗的年华，很少听母亲叫苦喊累。白沟市场露天交易的时代，有那么几年，母亲被阳光灼得黑红的脸上，挂着难看的晒斑。

母亲的手艺，逐渐翻新着家里的日子。和盖新房迁新居同样令母亲期待的，是我们仨把课本学透，圆她未圆的读书梦。

曾经，母亲以为，能圆读书梦的，只有学校发放的课本。村里学生间传递的小人书等稀有课外书，休想在母亲眼皮底下进入我家门。小学四年级，我读了第一本课外书——掉了皮卷了边的《白话聊斋》。我偷偷摸摸把书借来，和母亲捉着迷藏把书读完，又悄悄把书还回去，算是有惊无险。刚上初中的姐姐，偷偷借来的书就没那么幸运。大概是一本小人书，姐姐藏在被褥下、粮食柜里，还是被母亲发现没收。倔强的姐姐颇富反抗精神，和母亲斗争的结果，是挨了一顿打，沿着公路跑到六十里外的三姨家。姐姐一口气跑了几个小时，脚磨出了泡，心疼坏了教初中语文的三姨。三姨送姐姐回家，批评教育了母亲。不知母亲是听懂了读课外书的好处，还是怕我们再有离家出走之举，不仅给课外书发放了光明正大进入我们阅读视野的遄行证，还时不时支持我们购书资金。

姐姐和弟弟，爱劳动胜于爱读书，初中毕业都成了母亲发家致富的得力助手。我的学习成绩和对书的痴迷，母亲最为骄傲。她喜悦的眼神，把我从村里的小学送进镇上的重点初中，又把我从故乡送进几百里外的师范学校。给钱支持我买书，于母亲年复一年的苦来说，或许有着绵长甜润的滋味儿。我读师范的三年，一直是同学中最富有的，因为常光顾书店和报刊亭买回课外文学书刊，因为阅

读与练笔滋生的希望和快感。读书、写书的种子，追根溯源，都是
母亲埋在我生命里的。

三

我整理第一本书稿之际，母亲已率领全家搬过三次新居，住进
新建于镇上开发区的三层小楼。母亲的箱包制作事业，早已被弟弟
弟妹接手并发扬光大。弟弟的两个孩子都上了小学，准备一日三餐
之余的闲暇，母亲喜滋滋啃我读过的书，静悄悄拼她自己的"书"。
听说我要出书，母亲卧室里一个又一个长夜，也被出书的念头照亮。
满手老茧的母亲，满脸神秘将一摞"书稿"交付我的瞬间，怀了怎
样的自豪和期待？侄子用剩的几个语文本，我用过的一本旧字典，
七百多个疲累的夜晚，近十万个稚拙的圆珠笔字，成就了母亲的回
忆录。她从记事时写起，写家人和乡亲，更多内容写她自己，写无
数个汗水浸透的日子里，她坚持追逐努力实现的那些梦想。"我希
望出一本书，让孩子们知道过去的苦，我们几十年的路。一场大水
把我冲出学校，想起童年我就伤心。可我总有很多梦想，有辛勤劳
动争强好胜的劲头。好政策让我们过上富日子，发展了箱包事业。
现在的孩子们上学多幸福啊，我们姐妹兄弟的孩子中出了几个大学
生，我希望后辈还能出硕士生、博士生，能出一个科学家，一个能
上星星月亮的人……"几十年中的诸多细节，她一一清楚记述，朴
素而鲜明地表达了自己的梦想。然而母亲的"书"，不过是错字连篇、

139

缺乏文采、逻辑不清的流水账。我花了十几个夜晚，将母亲的"书稿"文从字顺地敲入文档，排版，打印，装订成册，帮母亲圆了"出书"梦。

"苔花如米小，也学牡丹开。"渺小而平凡的母亲，凭勤劳和执着，让我们懂得，在梦想的田野上，无论是谁，都可以让生命之花绽放得更加璀璨。我以母亲的梦为题材，写下《母亲的苔花》，收入第一本散文集。

从古旧漏雨的低矮老房到雕梁画栋的高大瓦房，再到舒适气派的三层楼房，母亲卧室的陈设不断更新增多。一对瓷瓶，却多年跟随且占据着最稳妥、重要的位置，无数次被母亲小心翼翼擦拭。圆口、细颈、凸肚，光滑的瓶面上，粉彩的仕女雍容华美，栩栩如生；瓶底上印着"乾隆年制"的方形戳记。瓷瓶是姥姥家祖传的宝贝，姥姥家拆旧房子时转移到母亲的卧室。姥姥家新房子盖好，母亲要把瓷瓶抱回。姥姥说，七个孩子中只有母亲早早做了家里的劳动力，没读几年书，瓷瓶就别搬来搬去的了。我家最困难的时候，来村子收古董的人看过这对瓷瓶，开口出的价在当时可以盖三间新房子。富足的日子，母亲在卧室看电视中鉴宝类的节目，得知这对瓷瓶的价值远高于三间新房子，于是将这对宝贝用毯子包裹好，让弟弟开车陪她送回了姥姥家。母亲说，姐弟七个，这瓷瓶不能独属于她。虽然他们六个退了休的挣工资，做生意的赚大钱，她既没工资，也不能赚大钱，但她有勤劳的双手，有健康的身体，有孝顺的儿女，有乐观的心态，有幸福的生活……母亲说这些话时释然的微笑，以及她眉目间和心底的淡泊，盛开于一篇《淡泊是富有的花朵》，在我第二本散文集中清香四溢。

姐姐离家出走跑到三姨家那天，因通讯不便不知姐姐去处，母亲差点儿急疯。那一天她绝不会想到，晚年的她，可以随着通信技术的更新俯瞰世界，遥控儿孙辈。编发微信，浏览转发朋友圈消息，成了母亲每天的必修课。从什么时候开始的呢？她发来的微信消息，文采渐增，错别字渐少，与我交流，几乎没了文化方面的障碍。我随笔写一篇《母亲进入朋友圈》，收入第五本散文书稿。

我出版的每一本书，都被母亲逐字逐句反反复复读过，都被她摆放在卧室或客厅醒目的位置向亲友炫耀过。每本书出版，母亲都嘱咐我网购十几本给她。送出我的书，成了她晚年的乐事之一。

失去课本后近六十年的光阴，母亲勤奋的手指追着她心中的梦想，不断变幻出新的风景，演绎着乡村小家从物质到精神的脱贫史，也折射出大国城乡的沧桑巨变。这些质朴动人的风景，生发出一朵朵灵感的花蕾，绽放出摇曳多姿的墨花，在我的书里溢着清香。

与新中国同龄的母亲，也完成着一部意义丰富的励志经典。丝丝缕缕的书香，沿着我们的血脉，在从容追梦的时光里蜿蜒向前。

第 四 辑

情愫绽放，生命流香

情愫暗涌的心灵，是芬芳荡漾的河。牵记
与感动、悲悯与担忧、流连与感恩……情
愫种种，朵朵如花，无论是对外界刺激的
心理反应，还是对人对物的关切、喜爱，
只要以善为源，真诚绽放，就都是生命流
淌出的香。

情愫绽放，生命流香

　　春雨潇潇的黄昏，我在汽车站等来一辆班车。陌生的售票员大姐，从后备厢端出一个封着的纸箱，小心翼翼递给我。回家除去封口的胶带，是一箱红黄相间的鲜嫩枝叶。原来这就是"木兰芽"。

　　一位年轻朋友，在百余里外的山村教书。秋未尽时，她就说，等春来，让父亲上山掰些"木兰芽"捎给我。春雨中，她发来微信，让我傍晚七点到汽车站接"木兰芽"。

　　百度搜索，我在平原不曾听说的"木兰芽"，是向阳山坡上一种野生灌木的嫩芽。开水焯后泡去苦味，可凉拌、肉炒、做馅儿，有清热解毒、强筋壮骨、增进食欲的药用功效。

　　结识这位年轻朋友后，偶尔收到类似"木兰芽"的稀罕礼物。她说，要好好享受她的心意，就像她享受我寄给她的书。我偶尔寄几本教学和文学类的书给她，希望书香润泽她青春向上的年华。忘年相交，彼此间的牵念、感激、享受，是尘世赐予我们的关切和祝福。

春风浩荡的晚上，我被一缕忧怜牵着，在小区内徘徊。已记不清第几次驻足在健身器材区。半米高的水泥台子上，坐着个中年女人，她身边还躺着一个人。躺着的身上蒙着被子，昏暗中，辨不清是男是女。

我到楼下散步，第一次路过这里，女人就在台子上坐着，躺着的就在她身边躺着。两人都静默。我最后一次在这里停留，已过去一个多钟头。风挟着尘土的气息，吹得我乱发飞扬，满身寒意。这样的风天，往日我早已回家。这个夜晚，我却迟迟不肯回去。

初见他们，院子里人影已稀。仿佛突然被一根线扯动，我悠然自在的心倏地被收紧拉疼。第一感觉，他们或许是为生活所迫的乞讨者，来小区高楼下避风过夜。驻足的瞬间，怜恤心起。我衣服穿得不少，兜里却没带分文。上楼回家，拿了张百元的票子，折回他们身边。

"这么晚？怎么在这里？"我问坐着的女人。

"吹吹风。"女人答话，语气淡定。

他们在这儿是为吹风，不是来避风，应该不是乞讨者。我把手里捏着的票子，悄悄塞进兜里。可是，乍暖还寒的春夜，人在楼下风中躺着，定有特别的原因。

"你们是这小区的吗？"

"是。"

"需要我帮忙做点什么吗？"

"没事的，谢谢你。"女人道谢，态度从容。

我再次离开，扯着心的那根线却并未松开。躺着的人难道患了什么疾病，需要楼外浩荡的春风来医？我在风中徘徊。转一圈，驻足看看，两人还在那里。再转一圈，驻足看看，两人还没离去。夜渐深，我被一根担忧悲悯的线牵着，不知转了几圈，才回到家里。

怀着那缕忧怜，辗转好一会儿才入眠。早起到健身器材区，水泥台子上空空如也。牵紧我心的那条线略略松开，却又在日后想起这个谜一样的夜晚时，再次将我的心微微扯疼。

春日花开的园子，树树繁花，热情绽放，芬芳醉人；树下野花，也开得洋洋洒洒，明媚可人。时光流转，此时花落，彼时花开。植物扎根的土地，是芬芳浩渺的海。所有的花，都是土地中流淌出的香。我热爱贪恋着每一种花香，感恩着脚下的土地，常流连忘返。

情愫暗湮的心灵，是芬芳荡漾的河。牵记与感动、悲悯与担忧、流连与感恩……情愫种种，朵朵如花，无论是对外界刺激的心理反应，还是对人对物的关切、喜爱，只要以善为源，真诚绽放，就都是生命流淌出的香。

悠悠狼牙山

初夏，得知我们将去河北易县西南太行山东麓的狼牙山，耄耋之年的公婆一改以往拒绝出游的态度，欣然应允与我们同行。

三代八口人，只有我和爱人走近过狼牙山。那是同学夫妇请客，邀我们到狼牙山脚下吃烤全羊。草木萧索，山风凛冽，年轻张扬被友情激动着的我们，却觉得天晴日暖。在宽宅大院的山里农家，享受过酥嫩味美的烤肉，我们只对着山顶仰望片刻，与农家附近裸露的山石留下幸福的合影，便满足地驱车呼啸离去。冬至狼牙山，于萧瑟中，我们感受到的是相聚的轻松愉悦，是狼牙山五壮士对山乡后世的绵长恩泽。

这一次，因为有两个行动不便、饱经沧桑的老人同行，感觉多了一份责任和厚重。

初入景区，"建设老区美好家园"的巨幅标语赫然入目。路随山势逶迤。一路养眼的山柿树，椭圆的新绿缀满枝。偶见房前屋后的几棵紫桐花，明艳似锦，清丽如霞。

绕过九曲十八弯，行至山脚下。搀扶着两位老人，几步一停，挪到索道边长长的队伍前。工作人员关切地提醒："老人家坐缆车上去有危险，还是在下面看看风景吧！"老公公笑着摇头："我能行，放心吧。"走几步平地都要腰疼腿疼的老婆婆，也附和着说"能行"。

排了两个小时，终于坐上缆车。向窗外看，峭立的石壁，刀砍斧削般，纵横着风侵雨蚀的痕迹。峭壁纹理间丛生着矮小的灌木，因为人无法上去灌溉，它们只能自生自灭，旧的灭亡，新的生发。林立的峭壁，陡入云间，峰顶尖耸，状如狼牙，观之毛骨悚然。

下了缆车，来到棋盘陀一处平缓地带。神情肃穆的公婆将一句话重复了几遍："太残忍了，这么高的山，赶尽杀绝地撵上来！"距纪念塔还有一段陡峻的山路，公婆再不能上行，大姐陪他们坐下休息，我们继续徒步攀登。

清风飒飒中，走走停停，作片刻休息，也流连风景。古老的橡树，干上纹路纵横，像古朴的木刻画，叶子清鲜黄绿，叶间杨花般垂下一串串深黄的花穗；一簇簇杜梨花，晶莹似雪，美好耀目；山樱桃、山葡萄、山核桃、山枣树……这些淡然安宁的姐妹树，新叶丛丛簇簇，一律是明净的鲜绿，像不施粉黛的山间美女子，素颜清秀可人。

每向上走一段，就看到一条"保留绿色氧吧，留与子孙呼吸"之类的环保宣传语。

终于气喘吁吁站到气魄雄伟的狼牙山五勇士纪念塔前。"气壮山河""英雄山""民族魂"的石刻字格外醒目。登上一级级石阶，进入塔内，再艰难地攀上一层层窄窄的铁梯，站到逼仄的塔顶。扶栏俯瞰，崖树幽深，索道悠长，人如悬云间，眩晕心悸。驻足片刻，便觉危险丛生，赶紧顺铁梯下去。

塔侧平缓的石台，标记为"跳崖处"，一位导游指向一座更高、更陡的险峰，那是一颗更尖、更窄、更狰狞的"狼牙"。她讲解，那里才是真正的跳崖处，因为太陡、太险，供游人攀登的路没法修上去，峰顶也修不出宽敞些的平台，就将这里修作了供纪念观瞻的"跳崖处"。

想起刚才公婆重复几遍的那句话，不禁感慨：勇士们该有一颗如何爱恨交织的决绝之心，才可在完成掩护群众和部队转移的任务后，将敌人引上荒僻险峻的绝路，完成那惊天地泣鬼神的千古一跳？他们又该是怎样的悲壮豪迈，才可让穷追不舍、赶尽杀绝的凶残敌人，躬下身子深深致敬？

也想起了老公公的病痛。解放战争时期坎坷路上一次次长时间急行军，抗美援朝岁月防空洞里一天天痛苦的蹲踞，使他年纪轻轻就患上了静脉曲张、坐骨神经痛和严重的胃病。战争的后遗症不仅使他身受痛苦，更重要的是梦魇般的精神伤痛。他无数次从睡梦中惊醒，因为他无数次梦到血迹斑斑的战友们，梦到枪林弹雨中的生死别离……而婆婆漫长的等待，也一定是煎心煎肺的苦痛。公婆向来不愿讲起沉重的往昔，因为他们尽管经历了这些苦难，但仍是战争中挣扎出来的幸运者，享受了现世的康安，安度着晚年的幸福。

此行狼牙山，两位沧桑的老人，绝不仅为观景，更多的是为了缅怀、纪念和告慰。他们更懂得狼牙山上五位战友的心念。那树树清鲜可人的叶，那簇簇明艳动人的花，那缕缕飒飒爽人的清风，都应是千千万万有名无名的勇士精魂所化吧？在英勇决绝的牺牲换来的康平时代，勇士们一定愿意欢快地滋养守护这天然的绿色氧吧，留与子孙呼吸，悠悠长长地恩泽这老区的美好家园吧？

爱是最美的伞

雨天于我，最惬意的事，是伫立于窗前看雨，或者听着雨声酣然入梦。是从什么时候起呢？雨路上，多了我淡定的身影。

天地间，雨狂风骤。童稚的女儿伏在窗前凝神一会儿，满脸的欣喜："妈，我想到雨中走走，你陪我啊！"我给她加厚了衣裳，拿了伞随她出门，将伞擎在她头上。落叶飞花急雨，溅到我的衣服上，凉意袭身。怕凉的我，心却愉悦而温暖。因为雨天的萧瑟里，被我揽在臂弯里的女儿，成了绽放得最美丽的一朵花儿，微笑从她的心底流淌出来，溢满她稚嫩的双颊。结实的大伞罩住她小小的身子，伞外的雨帘和雨声，一定是新奇的图画和醉人的旋律吧？

女儿上高中后，每天下晚自习我会去接她。高二那年一个夏夜，

快下晚自习时，电闪雷鸣，暴雨倾盆。因爱人不在家，只身拿了伞和保暖的衣服去接女儿。窄窄的街巷，高柳遮天。狂风怒卷，哪里撑得稳伞？闪电划破天空，霹雷接连炸响，雨水顺着头发和裤脚往下流。可是，得努力护着怀中的衣服。这样的雨夜，路上不见别的行人，心头笼着一层怯意。小时候，父亲就嘱咐雷雨天千万不能在树下走，可实在没有别的路可选啊。想到父亲，心中透进暖暖的阳光，缓缓将那层怯意驱散。我读初中时，父亲也曾在这样的雨夜，拿了伞护着我的衣服，在迂回的乡间路上孤独地向着学校奔走……

　　晴暖的回忆，让曾经那个娇柔、怯懦的女孩儿，在雨夜变得坚毅、勇敢。因为，女孩儿有了一个光荣的称号，叫"母亲"。既是"母亲"，就该和当年的"父亲"一样。

　　冲到校门对面时，街上的雨水已半尺多深。丝毫不犹豫地蹚水过去，校门正好打开。站在家长的人墙里，借着路灯光，紧盯着校门内如潮水般涌出来的孩子，生怕放过宝贝女儿。女儿走出来，躲在同学的伞下，伞外露着半个肩。赶紧迎上去，把伞护到她头上，给她套上干燥的衣服，揽了她的肩，蹚过冰凉的雨水，快步往家里走。任手中的伞在风中歪来斜去，任雨水在脸上横扑竖打，任雷电在头顶上抖着威风，紧紧拥着女儿，努力呵护着她，从容地往家里赶。进了家门，赶紧让她脱衣，冲热水澡。直到将她塞进温暖的被窝，才赶忙将自己湿透的衣服脱下。

　　第二天，雨过天晴。我浑身发冷，不停地咳嗽。那一场感冒，持续了一周才慢慢好起来。女儿一如既往地健康、开朗，虽然每天要撑着虚弱的身子照顾她的衣食起居，可心中一直充满快乐的阳光。

雨夜接女儿，大概有三四次了吧。也有几个早晨，外面下着雨，骑电动车送女儿上学。雨水顺着雨衣的帽檐流下来，淌过双眼。视线一次次模糊，我一次次用手揩着眼角的雨。到了校门口，看女儿轻松地打着伞走进校门，我的嘴角浮起一抹释然的微笑。

清晰记得春日的第一场雨中，中午，爱人开着车，带我去校门口接女儿。一家三口，穿行在淅淅沥沥的雨帘里，看车窗外新绿满枝，新花初绽，微笑与幸福，漾在脸上，淌入心底。

在雨中，也许身体会因寒冷而瑟缩，视线会因雨水打湿双眼而模糊，心却是始终如一地和煦、坚毅。雨路有亲人同行，女儿不孤单。爱是一把最美的伞，她让雷电交加的日子，依然晴朗、温暖。因为有爱为伞，心就不会被淋湿。

母亲进入朋友圈

微信程序推出没多久，母亲就申请进入了我的朋友圈。我转发阅读过的文字，点赞行列中少不了母亲的微信头像。我出差或旅游，喜欢发照片，常常是照片刚发出，母亲便评论或私聊，殷勤地询问叮咛："去哪里了？和谁去的？离家在外，注意安全……"朋友或报刊公众号发我的文章，文后间或有现金赞赏标志。为数不多的赞赏者头像中，母亲的微笑格外显眼。

附近乡村一个男孩儿，父母患病，家庭陷入困境。我请朋友带路给男孩儿送去现金红包，又买了书和新衣托朋友捎去。朋友拍了见证我慈心的照片，我不在朋友圈公开，微信私聊发给乐善好施的母亲。时过半载，我手机上那几张照片早不知去处。回娘家，母亲提起那男孩儿，拿出手机，把几张照片一一翻出，微笑着对我表示赞许。

与我有关的照片，母亲珍藏着许多。姥爷寿辰，我送过一幅工笔繁花图，那是我用一个多月闲暇时光画成的。姥爷去世，那幅画混进姥姥家的杂物间。母亲把那幅画翻出，让父亲拿到书画店重新装裱嵌入镜框，摆放在客厅显眼位置。又是几年过去，我的旧画，在父母客厅里明艳如新，玻璃镜框被擦拭得洁净无尘。我对着多年前的画作拍了照发到微信朋友圈，没过几天，母亲就用这张照片做了她微信相册的封面。

母亲以我能写会画、小才微善为荣，给我提意见也直言不讳。我写故乡做豆腐的桂生大伯，为突出大伯满脸麻坑的外貌特征，称呼他"麻子大伯"。初稿完成，微信贴给母亲，想让她看看做豆腐的过程有无问题。母亲郑重回复："做豆腐的过程没问题。'麻子大伯'得改。他脸上的麻坑，是小时候得天花落下的，旧社会医疗条件差，没办法！写作的事我不懂，但对别人得尊重。"我参考母亲建议，把对大伯的称呼，改为"桂生大伯"。

母亲的建议，唤醒了从前的记忆。我刚结婚那几年，经济拮据。春节回娘家，母亲总督促我买些礼物去看三奶奶。三奶奶是桂生大伯的母亲，幼时清晨，我找她孙女一起上学，吃过几回她为我准备的早饭。"滴水之恩，当涌泉相报。"这话，记不清母亲唠叨过多少遍。

微信朋友圈，恐怕唯有母亲，一直密切关注我的动态，无微不至关切我的身心，并一直以我为荣，一直把我当孩子吧？

朋友圈里，母亲的个人相册封面，我旧画上的繁花绚丽多彩，明艳如新；母亲的头像，朴素无华，微笑灿烂，晴和的面容，如她身后田田荷叶间那朵盛开的莲。

只读过三年小学的母亲，缠着侄子教她用微信，耗费了很多时间。她最初和我聊微信时出的笑话，至今想起仍啼笑皆非。故乡小村"辘轳把"，母亲发过来却成了"驴驴把"；我说女儿爱吃我爸做的美食，是姥爷的"粉丝"，母亲却回复："家里有'粉丝'，别买……"

再早些，母亲学习用手机打电话、发短信，用她自己的话说，都费了"牛劲儿"。更早些，她反复读着我变成铅字的文章，也梦想写一本回忆录，于是忙里偷闲，对着孩子们用过的旧字典、铅笔和练习本，翻呀翻，查呀查，写呀写。不知写了多久，她交给我一沓写满铅笔字的练习本，她的大半生光阴，在朴素稚拙的描摹叙说和议论抒情里，铺成一条曲折幽深的乡间小路，从山重水复的艰辛、迷茫，通向柳暗花明的知足、欣慰。帮她在电脑文档中打回忆录，读着、敲着那些从生命中流淌出来的话语，仿佛被一位质朴善良的女朋友领着，沿乡间小路，看她的前世今生。

清楚记得，我多次一本正经地和女儿说："我做你朋友好不好？让我们做朋友吧！"

只读过三年小学的母亲，一定如我在内的许多母亲，想以孩子朋友的身份，进入孩子的朋友圈——不只是网络中的，还有现实中的。

　　"人生所贵在知己，四海相逢骨肉亲。"做朋友的最高境界，是做成骨肉亲人；那么做亲人的最高境界，该是做成朋友吧？母亲进入朋友圈，我们的人生，即使难免遇到险滩低谷，步入幽暗困境，也会有关切的手牵引，有温暖的光照耀，穿过山重水复，通向柳暗花明。

风声

炎炎酷夏，风声是最让人喜欢的旋律。姥姥家的宅院地势高，院里的国槐树冠，擎到村庄上空能纳八面来风的制高点。树下铺的一张旧凉席，被无数个夏日摩擦得光亮、滑爽。我和姐姐或坐或躺，身边坐着姥姥、妈妈或者哪个姨妈。天黑之前，姥姥的手里总有活计，纳鞋底或做棉衣。母亲、五个姨妈和舅舅，再加上孙辈、重孙辈的孩子共几十个，让姥姥手里多少年没断过活计。

风翻动着密密层层的槐树叶子，把闪闪烁烁的阳光翻成朦朦胧胧的月光。沙沙沙，唰啦啦，沙沙啦啦……槐叶上变幻的风声河水一样漾动，水波一样起伏。蝉声絮絮，亲人的语声絮絮，浪花一般，在风声里飞溅。暑气蒸腾的天地间，槐树下的席子就成了一条清凉的船，在风声和蝉声语声里摇曳。摇着摇着，我的眼就迷离了，所有的声音和光影都模糊起来。

槐树下的旧席子，载着我对风声最早的记忆。

席子上难见太姥姥的身影。白天，太姥姥总以盘膝而坐的姿势，坚守她的土炕。从三十多岁守寡开始，她就是这样坚守的吧？"啪嗒啪嗒……""吱啦吱啦……""呼哟……呼哟……"她忽紧忽慢地摇着蒲扇，从白天摇到夜晚，摇过一个夏天，又一个夏天。蒲扇是给孩子们摇的，驱赶炎热，驱赶蚊蝇。睡在她土炕上的孩子，一代一代长起来，先是姥爷，再是母亲、五个姨妈和舅舅，然后是我们这一代的姐妹兄弟。她生命的最后几年，姥姥家的旧平房翻盖成二层小楼，她的土炕也变成木板床，睡在她床上的，变成我们这一辈孩子的稚儿幼女。

初中时，我每晚睡在太姥姥身旁。土炕上的仲夏夜，居然没留下闷热的记忆。风行槐叶，变幻的旋律飘进纱窗，夹着槐树上的蝉鸣和村中的狗叫，和着太姥姥的蒲扇忽紧忽慢摇出的风声，以及她重复旧故事的絮絮叨叨声，一次次穿越光阴，清晰又切近地在耳边回放。很多个没有电扇、空调的夏夜，我在这样的交响中进入梦乡。土炕上的冬夜，也没有寒凉。狂风猛烈地摇晃着干枯的槐树枝，呼呼啦啦的声音透进玻璃窗，土炕温热，被子暖软，太姥姥的絮叨声苍老、缓慢而亲切。清晨，太姥姥总能从小柜子中掏出好吃的，饼干、蛋糕、酥饼，虽然总是那简单的两三样，我却觉得她是当时最富有的老太太。在外工作的姥爷、姨妈们接连不断买回这些好吃的孝敬她，我似乎没见她吃过，记忆中只有满脸皱纹的她笑眯眯望着我吃的模样。后来姐妹兄弟们忆起她，都说曾很多次享用她小柜子里的点心。凛冽的冬晨，我去上学，风声中，耳朵被冻疼。唇齿间点心的甜香，化作暖暖的白雾，从口鼻中溢出，那是从太姥姥的小屋中，氤氲到上学路上的温暖。

麦收时节，接到母亲电话，姥姥从城里回了村中的老家。为了姥爷姥姥就医方便，颐养天年，舅舅买了城里的房子。春节，88岁的姥姥摔倒骨折，卧床几月，住院多日，也不见好转，加上旧病复发，不肯再治疗，唯愿回到村里的老院子。

姨弟驱车带我往村里赶，一路风狂雨骤，公路两旁树摇枝晃。隔着密闭的车窗，我又听到多年前的风声，姥姥和母亲、姨妈在地里收麦子，呼呼作响的风声雨声里，我和弟弟举着伞撒丫子往地里赶，怀里抱着雨披，胳膊下夹着伞。雨后的风声里，姥姥在家门前教训大我几岁的舅舅，因为舅舅偷偷跑到河里洗澡。那是我唯一一次见姥姥发脾气。姥姥说，三姨小时候曾经落水被淹，幸亏被我爸爸救起。我也听到几年前成都伏天的风雨声，我和女儿被拦截在她大学东门外的小饭店里，静静地听风声等雨停。那年女儿准备考研，暑假不回家，我不放心，坐飞机去成都陪她。还有那个天气骤变的夏日，我们在路上等出租车，我把伞举在女儿头上，风雨冰雹噼里啪啦，瞬间打湿我的全身。

老院子里的国槐树冠，依旧荫蔽着二层小楼前的院子。瘦如枯柴的姥姥，躺在她睡了多年的屋子里，安静而慈祥。87岁时，她还坐在城里的方桌前，给几个月大的重外孙女缝过冬的棉衣。那个粉嫩的小生命，隔了一年，会叫爸爸妈妈了。舅舅姨妈们守着姥姥，就如守着太姥姥、姥爷时一样。太姥姥和姥爷，安安静静地长眠在村边的长堤之外。姥姥再也吃不进五姨给她做的可口饭菜，再也享受不了老姨给她洗脚剪指甲的孝行，再也不能坐在沙发上笑对一大群孩子众星捧月般的关切了。守着姥姥的56天里，暑热蒸腾时，当清凉的风声掠过树梢，从槐叶上滑进纱窗，亲人们一定也想起在槐下凉席上和太姥姥土炕上听到的风声了吧？

刚成年的女儿问我人生的意义。我想告诉她，人生最朴素的意义之一，是远古的风拂过今日的树梢，吹向未知的明天时，树下的人，能够听着风声，呵护孩子长大，陪伴老人变老。

豆腐情长

"你大伯又来送豆腐了!"

简短的话语,凝聚着见到亲人的热情、激动和欢喜。副驾驶座上的母亲说这话时,我们刚回到她和父亲居住的小区门口。

一颗温暖的太阳,被冬晨的冷风送到打开的车窗前——那是桂生大伯布满麻坑的黑红脸膛。一双熠熠发亮的大眼,闪烁着快活、暖心的阳光。

大伯将拎在手中的袋子递给车窗内的母亲,那是做好豆腐切块儿时裁下的边边角角,是送给我父母的;他又从三轮车上端下一个铝盆,递进窗子里,盆里整整齐齐码着十几块豆腐,这是特意送给我的。

　　"闺女回来，准备了好多菜。卖完豆腐，回我家一起吃饭！"
母亲嘱咐大伯，像嘱咐自家亲人。

　　"好！一会儿就回。"大伯愉快答应，并不见外。

　　桂生大伯年过七旬，依然居住在我出生的小村。村中曾有古老
的水井，靠辘轳吊桶打水，辘轳把，便是小村的名字。小村水质好，
适合做豆腐，做出的豆腐洁白细嫩，入口软滑，豆香浓郁，远近闻名。
据老人们说，早在清朝，或许更早，村里很多人家就以做豆腐为生。
桂生大伯的父亲和我爷爷曾一起在生产队做豆腐。我曾伏在爷爷的
背上在豆腐坊里进进出出。冒着热气的豆浆、豆腐嘎渣儿和豆腐的
边边角角，清香了我幼年的懵懂记忆。

　　我们两家，是远房亲戚，又是多年近邻，到父亲这一辈，走得更近。
春耕、夏耘、秋收，改革开放后两家又各忙生意，大人们四季不消
闲。可无论多忙，我父母和桂生大伯夫妇，都能抽出时间互相串门。
聊国事，扯农事，说生意，话家长里短，谈笑风生。面对面的时光，
他们的脸都是欢悦的太阳，大伯布满麻坑的黑红脸膛和大眼睛总闪
烁着喜气的阳光。

　　辘轳把小村，隶属于北方商业重镇白沟。我父母兄弟和村里一
些人家，陆续搬出村子，落户繁华的镇中心。村里冷清了许多，辘
轳把的豆腐却愈发有名。村里多出几个做豆腐的人，桂生大伯是其
中之一。孩子们早已成家立业，他和大妈住着敞亮时尚的二层小楼，
衣食无忧，本可闲度晚年。大伯却拾起祖传的手艺，在家中做起豆

腐来。每天深夜泡好豆子，第二天凌晨三点半起床，磨豆滤浆，煮浆点卤水，待豆浆凝成豆腐花，再包布盖压成水豆腐，最后切块装入盆中。早饭后太阳初升，大伯骑上三轮车出发，车上是热乎乎清香四溢的豆腐。

与其说大伯是去卖豆腐，不如说他是去送豆腐。我父母的餐桌上，总少不了大伯送来的豆腐。开始是整块的豆腐，父母过意不去，后来变成豆腐切块时切下的边边角角。大伯家的豆腐，边边角角总那么多，父母一年四季吃不完。吃不完大伯所送豆腐的，还有与大伯交好多年，搬到镇上的其他乡亲。

近午，桂生大伯果然回到我家，和我们一家围坐桌前，叙旧话新，把酒言欢。大伯话里话外给我的感觉，他做豆腐不图赚钱，一为锻炼身体；二不丢祖辈手艺；三能让亲朋时时尝鲜，把感情联络得更长远。饭毕，大伯从塑料袋里取出一个纸卷，展开，是他用毛笔题写的一首藏头赞诗，七言绝句，前三行首字连起来，是一位贤德乡亲的名字。大伯念诗如说话，声如洪钟，爽快得很。他要我们提修改意见，说改天给那乡亲送豆腐时，顺便把改好的赞诗送去。

傍晚回城，母亲执意让我带回桂生大伯送的所有豆腐。她说，那是大伯的一片真情实意。

距离故乡小村几十公里的城市，我家中也从未断过辘轳把的豆腐。每次回父母家，母亲都提前准备好一袋子或几袋子豆腐，鲜豆腐、炸豆腐、冻豆腐。这些豆腐，有桂生大伯送的，也有到村中别家买的。

逢年节，故乡的朋友，也常用车载一桶辘轳把的鲜豆腐，送到我城里的家中。

儿时至今，我并不特别爱吃豆腐。离开故乡，年龄渐长，我却越来越吃得津津有味。故乡小村的豆腐，让我从不缺少生命和情感的蛋白质、铁、钙等营养，行走于尘世，腰板挺直，步履轻快，心灵清香。

渐失语境的乡音

晚上，朋友微信问我，能否用乡音诵读自己的作品？我找出一篇散文，笨拙地张开嘴。岔路一条条，习惯了普通话的我，像离家多年的游子，不知哪条路连着纯正的乡音。

眼泪忽然就涌出来，一颗颗从脸颊滑落。

一夜乡音缭绕的梦。早晨，爱人笑看着我的肿眼泡，说："有时间带你回村转转。"也只能是转转了，村里的旧居已十几年不回去。我的乡音，渐渐失去熟悉的语境，再难找回瞬间被激活的密码。

乡音语境里牙牙学语，我没记住。记忆中被乡音包围的第一幕，在改革开放即将开始时。坑边树下，铃声召齐了生产队里清苦的乡

166

亲。队长点父母乡邻的大名，三四岁的我听一个名字，看一眼应答的人。开完会，大人们聊东聊西。有人问我父母、姐弟的名字，我熟练答出；再指几个大人问我名字，我也一一说出。"这闺女忒聪明，长大了准有出息。"这一幕中的乡音，无论粗细高低，都沉甸甸的，仿佛秋收时地里垂着头的金黄谷穗，刚刨出的花生秧下坠着的饱满花生。沉甸甸的感觉，源自乡音的腔调。无论阴平阳平的字，都慢腔慢调，往上声去声里拐，要强调的重音，拖得很长。

学龄前，我吐出的声音，一直沉甸甸的，漾着成熟谷穗和花生的气息。进入小学，老师教我们认字读文，阴平阳平，上声去声，分得清。我在教室内读课文，原来沉甸甸的字变得轻盈，像生出翅膀般从口里飞出。高年级学生趴在窗外听到，用纯正的乡音在村里传话，说我学习好，读课文声音正。母亲听到，兴奋地寄予我希望，有朝一日圆她的读书梦。

母亲幼时，是新中国成立之初，家里穷，弟妹多，劳动力少，十岁才上小学，只读了三年书，十三岁就辍学充当起壮劳力。"上学时，我在班里个子最高，学习最好，当班长……上不了学，每天忙完地里的活，我就翻课本，自己学。肖秋子没领到课本，他家人找我来要，第一次来我没给，第二次来才把课本从我怀里拿走，我放声大哭……"饭桌边，母亲用乡音和上小学的我讲起这些细节，眼泪止不住落进她面前的碗里。

课上，由四声分明地读课文，到四声分明地回答老师提问，我渐渐学会普通话。但只要一出教室，我依然如我母亲，满口纯正的乡音。

　　乡音沉甸甸的赞誉声，送我离开家乡。三百里外的定州，我和来自保定各县、市的同学，为交流方便，羞涩地敛藏起各自的乡音，由自我介绍到日常交流，尝试操起略显生硬的普通话。我在家乡之外的校园度过第一个思念家人的中秋，国庆放假，坐火车倒汽车历经几小时，又踏进熟悉的村口。

　　"回来了！"一声纯正的乡音，惹得我热泪盈眶。

　　"回来了……"我用乡音应答过，向着自家院落走。

　　迎着乡亲们一声又一声热情招呼的乡音，我一次次用乡音应答，那条熟悉的路，走得温暖又朦胧。离开一月，再次踏进自家院门，我用乡音高喊一声"妈"，母亲快步从屋里迎出。在母亲沉甸甸的乡音里，暗涌一路的泪，扑簌簌坠落……

　　开学放假，离家回家，在学校说越来越纯熟的普通话，回村操着沉甸甸、慢悠悠的乡音。我的乡音，仍然纯正如秋天的谷穗花生，尽管乡音的语境已失了纯粹。改革开放后，村里人种了几年包产到户的地，以家庭为单位的箱包生产业悄然兴起，很快有了燎原之势，成为故乡小镇的主要副业。有些家庭为扩大生产，雇用了河南、山东等地的工人。各种腔调的外乡口音，混入村庄的腔调里。

　　师范毕业，我在故乡几十里外的小城工作，定居。做了教师，普通话讲得更标准。母亲要求我，回村必须讲村里话。于是，只要我踏进村口，就能让乡音从口中拐出来，就像我闭着眼都能从公共汽车站拐回村子，拐进家门。

箱包生意越做越火，曾经清贫的故乡人越来越富裕。我家扩了宅基地，盖了新房子，买了新家具，家电置办一新……及至我女儿十来岁时，父母和弟弟一家搬进镇上的崭新楼房里。村里的房屋，租给外乡生意人。富起来的至亲邻里，陆续搬到比村子繁华的镇上和城里。生意需要，弟弟、弟妹学会说普通话，连父母都受了影响，能说出几句混着乡音的普通话。在优越教育环境里长大的侄子侄女，讲的几乎是标准的普通话。倥偬间，我家搬离村子已经十几年。我回村子的机会越来越少。村里镇里，不断旧貌换新颜，回村的路已生疏难辨。印象中的村里人，面容和名字，于我，越来越难辨清。乡音的语境渐失。再回娘家，和父母亲人对话，我的乡音，渐渐含糊。我的女儿，本科毕业于西南财经大学，又成了南京大学在读研究生，口里讲的，只有纯粹的普通话。

只上过三年小学的母亲，几十年前做梦也不会想到，如今她不仅能熟练地运用智能手机，随时与亲朋好友语音联系，还能坐上自家汽车和高铁飞机，到祖国各地游玩。我和女儿带她逛南京，七十岁的母亲向当地人问路，几句轻盈的普通话从她口中展翅飞出，几乎褪尽了沉滞的乡音。

那个早晨，被乡音缭绕一夜的我，肿着眼泡，张开口，慢腔慢调地诵读自己的散文。无论阴平阳平，我都努力朝着上声去声，拐下去，拐下去。沉甸甸的声音，生硬而羞怯地在我雅静的书房弥散开去。满室书香，氤氲着秋天谷穗和花生的气息。

　　读着读着，我就微笑了。伴随着一些失去的东西，我和女儿都如母亲希望的那样，圆了她不能圆的读书成才梦；从乡村土路出发的村里人，也顺着各自的心意，走过柳暗花明，走向豁然开朗。

椒秧带我还乡

因工作下乡，正逢乡里集日。路过一个卖青椒秧的摊子。被人挑剩的青椒秧，面黄肌瘦，却依旧惹人怜爱。忍不住诱惑，买了几棵。

几棵青椒秧，小心翼翼地跟我回城，扎根在我家旧居窗台上的大花盆里。小小的秧苗，高不盈三寸。细茎上的几片嫩叶，却如一只只可爱的小手，有着神奇的力量，总能挽起我，带我回溯一段故乡旧路。

故乡，儿时，我家菜园里，年年茁长一畦畦蔬菜秧——青椒、西红柿、芹菜……在那物质贫乏的岁月，除了主食和咸菜，餐桌上的美味，都与菜园里迎风起舞的绿苗息息相关。我家如此，乡亲们亦如是。园子里的菜秧若被糟蹋，是关乎生计的大事。

村里有个白胖的女人，生了四个儿子，一心想认我做干女儿，以弥补她没有女儿的遗憾。认亲的日子都约定好了，爷爷却因她家的菜园愤愤地毁了约。她家菜园距我家不远，我家养的一窝鸡常到她家菜园啄食菜秧。她家不知谁家的鸡，为保饭桌上的生计，在菜地里洒了农药。我家的鸡全部被药死。

干女儿没认成，女人对我的喜欢却丝毫不减。及至我和她二儿子一同上了小学，一同成为成绩优异的佼佼者，她的这份喜欢更是日久弥新。我家到学校，必经她家门外。上学或放学时，她常站在家门口，好像专门等我。每见我路过，她白胖的脸就开成一朵硕大的花儿，一双温热的大手抚过我的头发、脸颊和臂膀，攥住我的小手，久久不肯松开。嘘寒问暖，关心我和她二儿子的学习，仿佛我就是她钟爱的女儿。有几次，她提着篮子，篮中装着刚从菜地摘回的蔬菜，最上面的蔬菜，总是青椒。青椒炒鸡蛋是我最爱吃的，不知她如何知道的。那几次，她都从篮中挑出几个大而丰满的青椒，塞进我书包里，心满意足地嘱咐："回家让你妈给炒鸡蛋啊！"从她那里，我品尝到一个没有血缘关系的女人对自己的挚爱。

她的儿子们，或许曾反复得她明示，大儿子和二儿子如敦厚兄长，视我如胞妹；两个小儿子总亲亲热热喊我姐姐。我和她二儿子小学时同桌几年，又一起考入镇上的重点初中。初中时，我们坚持去几里外的学校上晚自习。下自习时已近夜里十点，我和另外两个女生胆子小，她二儿子与另外两个男生便默默担当起护花使者的角色。那时男生女生都羞涩，一路上，男生和男生低语，女生和女生嘀咕，男女生间的语言交流几乎为零。几个男生，默契地和我们保持着五六米的距离。初二那年冬天，学校西墙上不知被谁掏了个洞，勉强能钻过一个人。那面墙，距我们村最近。下了晚自习，我们天天钻洞出校，直到洞补好。一天夜里，我最后一个钻洞出去，不小心跌倒在墙外结冰的路上。清冷的月光下，大家已走出几米，谁也没回头。我从硬邦邦的地上慢吞吞爬起来，双手冰冷，屁股针扎般疼痛。就在这时，胖女人的二儿子快步回到我身边，低声关切地问我有没有事。刹那间，冬日寒凉的月光化作春日暖阳，心间暗生出一片草绿花香。伫立在银白月光中的少年，高高的，瘦瘦的，气息温热，自家兄长一般。我有些羞涩，又暗生疑惑：他难道长了后眼，居然第一时间看到我跌倒？

中考时，我以优异的成绩考入农村穷孩子首选的师范学校。收到录取通知书，正是青椒累累的丰收季。路过他家菜园，遇到他摘青椒的母亲。喜欢我多年的胖女人，挑选了几个最大最好的青椒，微笑着塞给我。这位母亲的微笑和话语里，流露出遗憾和不舍。师范学校免学费，吃饭国家补贴，他也极想考，却因成绩稍低而未如愿。半大小子，吃死老子。他家弟兄四个，父母都是本分农民，想必日子捉襟见肘。记得有一次，男生们上厕所回来，偷偷地取笑他没穿内裤。他面红耳赤，尴尬不语。我心生同情，想这或许与他家的日子有关。没考上师范，他一定有些遗憾吧。我读师范后，收到他从

高中寄来的信，他说自己正努力拼搏，坚信笑在最后的人是真正的成功者。在学业的路上，他却没能成为笑在最后的成功者。不但没成功，还欠了我七十元钱，一欠就是二十几年。

　　我师范毕业在县城工作近一年时，在县城复读的他又将参加高考。他是学校的体育健将，为增加成功概率，准备报考体育院校。去外地参加专业测试前，他突然气喘吁吁跑到我宿舍借钱。因为工资即将花完，我让他在宿舍等，骑上车去姨妈那借回七十元钱交给他。那时的七十元钱，是我一月的工资。事与愿违，他高考再次落榜，回到故乡，做包，卖包。生意或许并不兴隆，因为他一直没还我钱。穷也好，忘也好，对他的印象，打了折扣。回村时，在路上邂逅，他目光躲闪，言语讷讷，欲言又止。我故作淡然地和他打个招呼，便匆匆过去。我成家不久，因买房欠了几万元钱，最困难时，冬天连女儿的棉裤都买不起，曾价值一月工资的七十元钱，我怎能轻易忘记？却没想过向他讨要。日久天长，日子渐渐宽裕，七十元钱的分量已变得轻如鸿毛，就想，即使有一天他执意还钱，我也断不肯收了。有一年盛夏回去，到镇上逛书包市场，又邂逅他。炎阳下，他蔫头耷脑地蹲在挂满书包的摊子前，等顾客光临。心头涌上一股莫名的滋味，很想过去和他搭话，问他过得是否还好。他却似乎没看见我，将头埋得不能再低。我也就作罢，逃似的离开。

　　再见他时，父母从小村搬到镇上已十多年。侄子办婚礼，热闹了好几天。他从村中跑了十来里到镇上帮忙，一连几天都最后一拨才吃饭。我热情地招呼他，他也不好意思地微笑着和我聊天。婚礼办完那天他喝醉了，红着眼圈儿说起那七十元钱的事。最初几年家里太穷，后来怕还钱我也不肯再收，一块大石头，在他心上坠了二十几年。提起他母亲，他说，母亲依然种着那片菜园子，年年栽几畦青椒秧，青椒累累的季节，常会念叨我。那一天，我们都释然。细回想，他和他母亲，都曾给我的成长岁月添过温暖与美好，便觉得，在他最困难的时候，我借钱帮助他是一件多么美好的事情！

感谢几棵青椒秧，带我重回故乡，忆起这些，忆起过往的许多……

在余光中的诗里，乡愁是"一枚小小的邮票"，乡愁是"一张窄窄的船票"，乡愁是"一方矮矮的坟墓"，乡愁是"一湾浅浅的海峡"。在生命前行的旅途中，总有一些事物，就如我从乡村集市带回的青椒秧，会成为回溯的通行证，引领我们重回故乡，重见故乡人，重历故乡事，重温故乡情，补充生命的正能量，让我们在生活与灵魂的异乡温馨前行。

急雨之魅

两个人几乎天天忙，家在小城，城北的公园开放一年多，才初次携手走进来。

天空低悬着一大片墨，在头顶上浓浓深浅地渲染着。这样的天气，下雨是必然，园里闲逛的人很少。汽车停在园门对面的马路边时，我只从车内拎出一把伞。

没想到雨这么急。我们在园内走了百余米，雨箭就急唰唰地射下来。一把伞，微风细雨尚可撑出二人世界的浪漫，这六月天遇上疾风骤雨，伞下一人也会狼狈不堪。虽然急巴巴袭来的只是骤雨，风没作怪，伞没被掀翻，但疾走几步，他的半身我的裙角就都已被打湿。

　　几十米外，湖岸边的沙滩上两把白色巨伞，伞下各聚着几个大人孩子。我们慌乱奔到一把巨伞下面。伞下一片晴空。孩子们陶醉在沙子游戏里，大人们守在一旁闲聊。躲雨的蚊虫绕着人飞。

　　我们坐在沙滩上。他塞上耳机听手机里的评书，我举起手机，拍下一段视频：迅疾的雨在伞外哗哗啦啦奏乐，雨脚在湖岸铺的木板上暴跳，在略远的湖面上暴跳，密密的雨花溅起很高。再远一点儿，湖心飞檐的亭子和房屋，朦胧在雨雾里。

　　我把视频发微信朋友圈，配上只言片语表达遗憾，排遣无聊："家门口的公园，白天来是第一次。老天给力，这么盛大的欢迎仪式。"

　　我发出视频，边轰赶蚊虫边听雨、看雨。隔一会儿再看微信，几个久不联系的好友头像蹦到了页面上方，红色阿拉伯数字提示着私发的消息；方才发出的视频后已跟了几十条评论。

　　"在沙滩上的白色大伞下吧？被雨截住，就多待会儿，雨里又是一番光景。"

　　"姐姐，我开车去接您吧！"

　　"王老师，需要雨伞吗？我给您送过去。"

　　……

　　热情的问询、关切，多来自同城的朋友、同行、学生。我正回复消息和评论，电话铃响起来，手机屏幕亮出一串陌生的数字。怀疑是广告推销电话，犹豫着要不要接。电话铃很执着，我便点了接听。

　　"妹妹，你和谁在公园？要是带了伞，等雨小点来我们家吃饭，

要是没带伞我这就去接你……"连珠炮式的粗音暖调，虽久未听到，却依然亲切熟悉。是昔日的同事，一位美丽温暖的大姐。她乔迁的新居，就在公园西门外的小区。

婉拒了大姐的盛情，继续轰赶蚊虫、听雨看雨。胳膊和腿上鼓起几个红包，却不那么钻心的痒，钻入心底的，是源自朋友圈的情谊。天空泼洒的雨，与开满繁盛雨花的木板、随雨脚暴跳的湖面、越发朦胧的飞檐，与目之所及的所有景物，融合成巨幅立体的写意画图；磅礴的雨声，混入孩子们的欢笑、大人们的低语，混入大姐的粗音暖调和消息评论后各种音调的温声细语，奏出动人心弦的交响乐章。

这场急雨，突然有了穿越岁月的魅力，就像童年夏日的那场急雨。黄昏，疾风乍起，树叶唰唰啦啦乱舞，雨点噼里啪啦砸下来。母亲喊，姥姥还在地里干活呢！我抓起家里唯一的伞，披上个旧尼龙口袋，飞跑出家门……把姥姥迎回来，一老一小，都成了落汤鸡。四十年过去，姥姥已落叶般睡入泥土，那一幕的画面、声音，清晰如我刚拍的视频。浑身湿漉漉的不适，早随那个黄昏远去；亲情的温馨，已化作抵御急雨的伞，直到中年，仍随心携带。

一场场富有魅力的急雨，甚至可以穿越几百数千年。孤寂荒凉的乡村，夜将尽时，窗外风雨大作。风狂雨急，声音入了床上诗人的耳。诗人年老力衰，肢体僵硬，每日入睡前，直挺挺地卧在床上，想啊想，想为国效力，保卫边疆，想收复失地，祖国统一，哪里想过自己处境的悲哀？疾风骤雨，将迷迷糊糊的诗人带入梦境：他，一如壮年从军时，骑着披铁甲的战马，跨过冰封的河流，胜利在望，统一在望……他，就是写下"僵卧孤村不自哀，尚思为国戍轮台。夜阑卧听风吹雨，铁马冰河入梦来"的陆游，就是"死去元知万事空，但悲不见九州同"，临终嘱咐儿子"王师北定中原日，家祭无忘告乃翁"的陆游。那场疾风骤雨，满载陆游的爱国情怀，穿越八百多年至今。更早的，一场急而连绵的夜雨，载着穷苦杜甫"安得广厦千万间，大庇天下寒士俱欢颜"的博大胸襟，湿漉漉地下了一千三百多年。

　　急雨之魅，是自然之魅，更是人间之魅，人情之魅，人格之魅。我们无法阻挡天降的急雨，却可让急雨增添穿越时光的魅力。

沿声音的路寻你

人声嘈杂的商场，我正专心试穿一件大衣，面前忽然多出个面容白嫩、气质脱俗的靓丽姑娘。

"老师！听到您说话，我就寻着声音跑过来……"姑娘话音激动，满脸惊喜。

我刚才只是询问衣服价位，请售货员帮我找号码合适的来试，似乎也没发出过多过高的声音。

"你是……"看着她陌生而欢欣的脸，我虽不能立刻忆起她的名字，但可以断定她是我教过的学生。

工作后的二十余年光阴，我几乎都对着学生的耳发声。能于嘈杂人声中清晰辨出我声音的姑娘，不是我的学生又是谁？曾经的学生，沿声音的路寻到我，这样的瞬间，已有过数次。

姑娘报上自己的名字，我仍想不起她曾是哪届哪班的小女生。她又提起两个男生的名字，模糊的记忆如鲤鱼出水，瞬时清晰。

关汉卿曾用"语若流莺声似燕"描摹女子声音的美妙动听。遗憾的是，即使袅娜轻盈的青春年华，我也不曾有过拨人心弦的燕语莺声。小时候天天守着收音机，听单田芳用略带沙哑的声音说评书。亲人们笑称我是"单田芳的徒弟"，戏言我音质的先天不足。每每着急感冒上火，我的嗓子便不舒服，声音沙哑是寻常事。

我考取了师范院校，毕业工作，偏要靠嗓子吃饭。做老师后的第一场感冒，鼻塞耳鸣，咽喉肿痛，发声困难。我却怕耽误课程，依然用沙哑的声音给学生上课。本以为说话的嗓音一如从前，沙哑两三天便恢复圆润，却没想到嗓子由沙哑变暗哑了。欣慰的是，我声音低而不清晰，学生们仍凝神聆听。难受的是，那种如蚁在咽、如火在喉、如有团团乱麻堵塞声息的痒痛和无力感。去医院诊断，是慢性咽炎急性发作。

那时我教小学。早晨进教室，讲桌上常多出几样东西，一盒清咽利喉的含片，三两盒罐头，几个梨，几个苹果……那是孩子们的拳拳心意。为尽快恢复，我尽量少发声，有时默默地用粉笔写板书，写满一黑板，擦净黑板再写。连那个最淘气的小子，都默默地看着黑板，默默地做笔记。孩子们善解人意、明澈关切的眼神，清清溪水般流向我的喉咙，流进我的心。由暗哑而沙哑，由沙哑恢复圆润。

我抑扬顿挫、流溢着温情爱意的圆润声音重又在教室里回响，几十张稚嫩的脸庞，被春风唤醒的花朵般怒放着喜悦和希望。

商场里靓丽姑娘提起的两个男生名字，牵系着我深深的疼惜。那时我教初中，两个男生，同一个班。一个患抽动症，在教室发病时躁动不安，桌凳齐响。我上课时，每每听到教室内突然响起的噪音，便迅速移步到他身边，轻抚他的肩背，柔声唤他的名字。即使我声音沙哑时，他也会很快安静下来。一个双腿瘫痪，拄着双拐，行动不便，自卑敏感。我常常利用提问的机会请他发言，给予肯定和赞许；或者格外细致地批改他的习作，当作范文在班里朗读；偶遇家长因事不能接他回家的中午，买些吃的送到他手里；也曾以他为原型，写下一篇励志短文激扬他上进。他因此爱上语文，爱上读书和作文。课间，他有时拄了拐挪到我办公室，请教问题，和我聊天，借一本书回去。这个行动不便的男生，满脸真诚地说过："老师，您的声音，比播音员好听。"我忘记了，他说这话时，我的声音，是不是正沙哑着。

后来给另一个初三班级代语文课，班上有个轻微耳聋的男生。为了他能听清我的声音，习惯中音教学的我换了高音，没几天圆润的声音就又沙哑了。

我的声音，就是在圆润和沙哑的轮回中刻入学生记忆的吧？

老师，无论隔着多远的光阴，学生都愿意，在可能重逢的瞬间，于嘈杂人声中辨出你的声音，沿声音的路寻你！哪怕你的声音，并不那么悦耳——这是学生给予老师的最诗情的际遇，最温暖的回声。

　　长大的学生，于茫茫人海中，沿声音的路寻到昔日老师的笑容，就如儿时的我们沿熟悉的声音寻到呼唤子女的亲人，就如一朵朵花蕾听到春风的召唤粲然花开。

相伴一程，情牵一生

9 月的门一打开，四面八方的祝福便次第飞来。远在新疆的学生发来微信说，当兵六年，一直想我，他陕西战友家猕猴桃熟了，要寄两箱借此表达教师节对我的祝福。我领了心意，没告诉他地址。

我在校园的 21 年，教语文，兼班主任，陪伴过 12 个班 600 多名学生成长。如今，离开讲台做语文教研工作已近 10 年，所教最后一届学生也已大学毕业。一直想我，是长大成人的学生们重复最多的意思，是时光之蚌育出的情感珍珠，是最为珍重的节日厚礼。

亲爱的学生们，感谢你们，年年教师节，将感恩的珍珠，穿成祝福的项链相赠，让已近天命之年的我，在渐趋萧瑟的秋天，仍觉身上有光，心怀希望。

为师一程，情牵一生。一别经年，老师也一直念着你们，心中常有万语千言，仍想像当年站在讲台上一样，娓娓叙说，殷殷嘱咐。

中师毕业，初登讲台，经验为零，知识浅薄，底蕴不足。为把学习语言文字运用的母语学科教好，圆自己做优秀老师的梦想，与忙碌的教学同步，我开始跋涉漫长的自我提升之路。白天都交给了备课、上课、作业和班级管理，夜晚睡眠之外，阅读记诵，也构思练笔，记录工作、生活的细节与感悟。时间挤了又挤，消遣娱乐的电视节目，至今与我无缘。自学完汉语言文学教育专科、本科全部课程，阅读了适合中小学师生的各种读物，近三十年，过目图书几百部，翻阅报刊无数册。工作眉目渐清，经验渐丰，渐入佳境，教学相长，收获皆在意料之中。文字见刊百余万字，公开出版几册散文集，被冠名为"教师作家"，则是厚积薄发的意外之喜。既为语文老师，我愿意一辈子做阅读的先锋，作文的榜样，追梦的楷模。

诸位弟子，我有理由自信，昔日求学路上的你们，勤奋的精神、向上的成绩，与我的示范密不可分；我有理由欣慰，今天深耕于各行各业的你们，企业高管仍坚持文学阅读，公务员讲话主题鲜明、逻辑清晰，做茶艺的茶坊布置意境悠远，做糕点的发个朋友圈也文采斐然，与我的影响不无关联；我有资格寄语，愿你们终身学习，时时更新自己，永葆圆梦的生机。

暑假里，广东肇庆山村的初二男孩，从阅读题中读到我的文章，几经辗转，加了我的微信，要买我新书的签名本。父母外出打工，

他和妹妹被寄养在伯父伯母家。年迈的伯父伯母，种田，养鸡、鸭、羊、狗，又要照顾他们兄妹。男孩懂事，高温的暑期，勤奋学习之外，帮伯父伯母买菜、做饭，拔草、浇菜、放田水，上山拾可吃亦可泡酒的野果"桃金娘"。辛苦的留守男孩，思念父母，自视低微，觉得命运瞧不起他，却又心怀梦想，不肯言败。照片上的他，朴素的黑衬衫，健康的黄皮肤，棱角分明的脸，嘴角、鼻尖和眉目间透着刚毅。他的身后，几十张金黄背景的奖状，贴了满墙。我赠书给他，他请求我亲笔题写他自编的句子："不要以为生活中成功抛弃了你，它只是在另一个地方沉睡等待，需要你用真正的行动去唤醒。"他读过我的书，梦想我是他的老师，梦想成为让人温暖的大作家。我默默收他为学生，沉思如何助力他健康成长，走稳脚下的路，走出似锦的前程。

我关爱过的孩子们，自从为师当初兼了班主任，凭着股不图任何功利的善意，就把一颗心修炼成暖阳。希望你们的心都有传递的能力，吸纳阳光也散射阳光，让这世界少些寒凉。

小磊，隆重的婚礼上，你是最帅的新郎。我被你热情相邀，做证婚人。见证幸福的时刻，我成了最幸福的老师。恋爱时，你发消息告诉我，在北京追求的女孩，酷似青春华年的恩师，美丽、善良、大气。你是我青春华年的学生，小学六年，脖子上的一把钥匙，挂出你人生的责任心，早出晚归，风雨不误，六年如一日，为同学开门、锁门。酷似我的女孩，成了你的爱妻，我的好妹妹。她常夸你，疼媳妇、爱孩子、孝敬老人，是有担当的男人。你创办的公司，就在北京西站对面。你说，一定好好干，公司里的兄弟们，都肩负着养家糊口的责任。一路看你将近中年，看朋友圈你们小家四口其乐融融的照片，幸福着你的幸福，快乐着你的快乐。也希望所有的学生，都如你一样，勇于承当，幸福安康。

千言万语，汇为一言，我们师生共勉：学而不倦，心怀阳光，肩有担当，幸福和快乐就在前方，就在路上。

默庐的光辉

　　有贵客来家，或家中张挂了别人题赠的字画，我们常用谦辞"蓬荜生辉"表示自己感觉非常光荣。若房舍有知，这座修建于民国初年的民居建筑，一定会虔敬感念到此居住过的一家人。它，本是呈贡斗南村华氏家族用于守坟和追祭先辈的休息之所，因与一家人的两年之缘，以三间六耳的简陋之躯，抵住了百余年的风雨变迁，2005 年又得重修，旧貌换新颜。时至今日，即使是阴天的黄昏，这座老式建筑，也依然焕发着人性的光辉。

　　"华氏墓庐"，是它原来的名字。它坐西向东，坐落于呈贡三台山半山腰。曾经的"墓庐"，孤零零，空落落，与坟茔相守，与草木相依，与鸟兽为伴。名中一个"墓"字，就给它定上凄凉的情调。

抗战时期，祖国半壁河山沦为敌手。为躲避日本飞机对昆明的轰炸，西南联大和云南省内外一些院系被迫移迁呈贡。1938 年暑期，作家冰心和丈夫吴文藻携儿吴平，女吴冰、吴青，离开沦陷的北平，几经辗转，9 月到达昆明，随后也搬到呈贡。当时，呈贡县城民宅里住满了从各院校疏散来的教员，只有三台山上的"华氏墓庐"还空着。一家人先是住在村民家里，不久搬到西南联大的国情研究所驻地文庙里，最后住进"华氏墓庐"。一座"墓庐"的命运，因冰心一家的入住被改写。

庐名中的"墓"字，黯淡，冰冷，容易惹人神伤。冰心取其谐音"默"字，将"墓庐"改称"默庐"。一个"默"字，如暖阳，似和风，照拂得这里光彩明媚，惠风习习。从此，呈贡山居环境的静美，因"默庐"而熠熠生辉。

1940 年 2 月 28 日，冰心在香港《大公报》上发表《默庐试笔》，文中这样描摹赞美："呈贡山居的环境，实在比我北平西郊的住处，还静，还美。我的寓楼，前廊朝东，正对着城墙。雉堞蜿蜒，松影深青，霁天空阔。最好是在廊上看风雨，从天边几阵白烟，白雾，雨脚如绳，斜飞着直洒到楼前。越过远山，越过近塔，在瓦檐上散落出错落清脆的繁音。""我的寓楼，后窗朝西。书案便设在窗下，只在窗下。呈贡八景，已可见其三。北望是'凤岭松峦'，前望是'海潮夕照'，南望是'渔浦星灯'。""回溯生平郊外的住宅，无论是长居短居，恐怕是默庐最惬心意。论山之青翠，湖之涟漪，风物之醇永亲切，没有一处赶得上默庐……这里整个是一首华兹华斯的诗……"

崇拜自然的英国浪漫主义诗人华兹华斯的诗，朴素、清新、灵秀，意境高远。冰心以华兹华斯的诗作喻体时，默庐四面仍无人居，周围依旧冷清清、空寂寂，靠近墓地，与草木鸟兽为邻。

78年后，我背对默庐院门，触摸着门外石壁上镌刻的《默庐试笔》节选，触摸到一片热爱自然、乐观向阳的"冰心"。

石壁前的雕像，儒雅站立的吴文藻身前，冰心怀抱吴青，坐在椅子上。立于椅子扶手两边的吴平、吴冰，手臂偎着冰心的手臂，尽显对母亲的依恋之态。由一家人笑意暖暖的表情，可以想见默庐生活的其乐融融。

环境的静美，与生活的和谐相衬，才会彼此照见，相互辉映。初到呈贡，吴平八岁，吴冰四岁，吴青一岁，小儿女绕膝，冰心正是一位最辛劳的母亲。穿针缝衣被，洗手做羹汤，素日里必不可少。教孩子写字、画画，给孩子讲故事，文化启蒙的琐事缠身。小女儿吴青想领养一只小狗，冰心要求她必须做到四件事：人吃饭狗吃饭，必须喂狗吃饭；人喝水狗喝水，必须喂狗喝水；不能天天给狗洗澡，但必须天天给它刷毛；因为周边树林有狼，每天必须把狗叫回家。如此言传教孩子尊重生命的瞬间，历百年而光华不褪，可见用心之良苦。

任教于云南大学的吴文藻，从昆明回默庐，须先坐小火车到呈贡东面的洛羊火车站，然后骑马行十来里路到县城，颇为麻烦，周末才回。很多时候，冰心独自照拂、教育三个孩子，疲累可想而知。然而冰心的文字里，流溢出的是满足和欢喜。清晨，冰心最爱在默庐外的树林里携书独坐，"两个小女儿，穿着橘黄水红的绒衣，在广场上游戏奔走，使眼前宇宙，显得十分流动、鲜明。""在每个星期六的黄昏，估摸着从昆明开来的火车已经到达，再加上从火车站骑马进城的时间，孩子们和我就都走到城楼上去等候文藻和他带来的客人。只要听到山路上的嘚嘚马蹄声，孩子们就齐声地喊：'来将通名！'一听到'吾乃北平罗常培是也'，孩子们就都拍手欢呼起来。"字里行间，母爱的光辉暖心。有所爱、有所期待，哪里还在乎为人母的辛苦？

每周六带客归来的吴文藻，待人平和、宽厚，对冰心更是暖阳般恒温。修缮后的默庐，一楼展厅左侧墙角的冰心半身雕像，端庄、娴静，面含微笑，目光笃定而温情。她身后墙壁上，1939年摄于默庐的照片，吴文藻靠坐于藤椅，欣然微笑地望着妻子。同在默庐的时光，有多少个瞬间含笑以对，含情不语？离开呈贡，他们的魂梦，又曾多少次牵系于这里？战火中暂得宁静的默庐，叠积着多少道相濡以沫的幸福阳光？

谈笑有鸿儒，默庐也不乏热闹时光。与吴文藻同在西南联大任教的语言学家罗常培是默庐常客，当时主持西南联大校务的梅贻琦、西南联大中文系教授杨振声等，也曾来默庐，与在呈贡的费孝通、陈达、戴世光、沈从文等名人学者及冰心的学生们聚会。如今，默

庐院门外粉墙上，院内小楼正门上方栏杆正中，都有费孝通题写的"冰心默庐"四个大字，格外醒目。望着小楼一层木漆斑驳的八仙桌、高背儿椅，旧事依稀，当年思维碰撞的灵光在庐内展出的图文里闪闪烁烁。作为女主人的冰心，打动客人的，是奉到桌前的一杯清茶，端到桌上的一餐淡饭，及时拨亮的一盏灯光，还是灵性四溢的谈吐，清新自然的诗文？抑或兼而有之，且有更多因由吧。

身居默庐的冰心，是依恋自然的女儿，是儿女的母亲，是丈夫的爱妻，是好客的主人，是才华横溢的诗人作家，更是肩负社会责任感、忧国忧民的女先生。

她应呈贡县立中学校长昌景光邀请，在学校义务任教。她教学生作文，特别强调真情实感的表达；教学生做人，也特别强调爱和真。有个叫毕重群的学生，在作文《我的母亲》中，用真实的记述表现了母亲的艰辛与善良，用真挚的情感赞美了母爱的深沉与博大。冰心读完，当即用信封装了五张钞票，夹在作业本里作为鼓励。被信封里的钞票深深打动的，何止毕重群本人？

1940 年，宋美龄邀请冰心到重庆做妇女工作。冰心将要离开呈贡，已经毕业参加工作的李培伦听说，匆匆赶来送别，并恳求老师赐墨宝以作纪念。冰心当场书就一个条幅，内容为当时著名词人卢前的《临江仙　其二　读剑南诗稿》：

"一发青山愁万种，干戈尚满南东。几时才见九州同。纵然空世事，世事岂成空。

胡马窥江陈组练，有人虎帐从容。王师江上镇相逢。九原翁应恨，世上少豪雄。"

李培伦珍藏起的，是师生间的不解之缘，更是冰心先生忧国忧民的爱国情怀。冰心题写的这首词，已经镌刻石上，在默庐南墙外光彩四溢。冰心柔软的爱心与博大的情怀，也闪亮在她为呈贡中学题写的"谨信弘毅"的校训和校歌里："西山苍苍滇海长，绿原上面是家乡。师生济济聚一堂，切磋弦诵乐未央。谨信弘毅，校训莫忘。来日正多艰，任重道又远，努力奋发自强，为己造福，为民增光。"这闪烁的光亮，照耀过多少当时和后世学子的灵魂？

冰心创作的《默庐试笔》，并不仅仅为了描摹赞美。她由默庐及周边景致的静美，联想到沦陷的北平，联想到祖国沦陷的河山，表达坚贞不渝的抗战心志，表达对祖国的苦恋深情。

白墙，灰色的门楼，红漆的木门，灰瓦覆盖的房顶和墙顶。院内数株花木，紫薇、紫竹、缅桂花、榕树、白梅、玉兰，掩映着红漆的二层主楼和南北耳房。这修缮后的默庐，从外观上看，一定比冰心初至时的墓庐整齐了许多，光鲜了许多，典雅了许多。

默庐二楼，三间陋室，三扇小窗，陈设都简单至极。左边冰心吴文藻卧室，一床，一桌，两柜儿，一盆架儿，都是粗糙的木制家具。一个铝制水壶，一个铁皮暖壶，都已辨不清本来面目。中间书房内，破旧不堪的桌凳藤椅中，最显眼的，是窗下的窄木桌。桌上一盏油灯。冰心就是在这扇窗下，这张桌前，借着这盏灯的光，写下了《默

庐试笔》。右边儿女们的卧室，也局促而空荡。白发苍苍的吴青重
返默庐时回忆，小时家里没有好的家具，睡觉的房间都是帆布床，
有个垫子垫在箱子上面也算是床。

冰心与吴文藻到昆明，后来又辗转到呈贡默庐，简直逃难一般。
怀抱十个月大的吴青，拉着一对幼儿幼女，离开日寇铁蹄践踏的北
平，先是到天津坐船，由海路经上海、香港，再从安南（当时的越
南）海防坐小火车到达昆明。旅途"困顿曲折"，心绪"恶劣悲愤"。
他们一家在呈贡入住默庐前，由村民家搬到西南联大国情研究所驻
地文庙时，联大教授戴世光题写了一副对联欢迎冰心。"半间东倒
西歪屋，一个千锤百炼人。"这副至今挂在默庐二楼书房的对联，
像一面镜子，映照出冰心在呈贡生活的清苦，工作的辛劳和精神的
刚毅。

在默庐居住期间，冰心从大弟的信中，得知父亲在北平病逝的
噩耗，信未读完，一口血竟涌上来。作为父亲最爱的女儿，父亲临
终未能尽孝，父亲离去不能回去奔丧，冰心的内心，悲伤至极。

就是这个国有难家多艰的冰心，用心灵的暖阳，用文字的光辉，
照亮了一座默庐，照亮了当时和后世芸芸众生的灵魂。

我去默庐，是冬日一个阴冷的下午。出租司机不认路，兜了几
个圈子也没把我送到默庐所在的呈贡区人民武装部院外。坡上坡下
地打听找寻了好一会儿，才终于来到武装部门口。走进静悄悄的默庐，
我用心读遍、用手机拍遍了南北耳房和小楼内展出的所有图文资料。

走上窄窄的木楼梯，我坐遍了冰心卧室和书房仅有的几把椅子。斯人远去，对着她书房的小窗，我依然感觉暖意盈怀。

傍晚下楼时，默庐内一片昏暗。我走出院门，身后的经年气息沧桑旧事里，小楼一层厅内红底黄字木匾上，冰心题写的"有了爱就有了一切"，像一束温暖的光，照得我心头一片光明。

投映在甘肃的影子

初到甘肃，第一站是兰州。从兰州西站打车去酒店，第一印象，建筑土旧，街道拥堵，绿植不多。然而，当我站在中山桥上，平生第一次又无比切近地面对黄河时，对兰州的喜爱，如桥下河水奔涌而来。

地理老师讲黄河之前，早在孩提时，《龙的传人》悠扬深情的旋律，就让我朦胧感知了长江、黄河与祖国及自己的血脉关联。

一次乘火车南行，我正昏睡着，有人惊喜地低语："过黄河了！"迷迷糊糊睁眼望窗外，哪还有黄河的影子？

在内蒙古乌海市生活大半生的老叔，每次回故乡河北，都要提起穿过乌海城区的黄河。快乐的声调里，驾着羊皮筏子在黄河上打鱼的细节，总如阳光一般，照亮老叔黑黄的笑脸。

关于黄河的记忆，都漾着爱的情意，却因少了亲见亲感，只是一圈圈轻浅的涟漪。

中山铁桥下的黄河，浑浊有力，哗哗作响。与黄土一般厚重的黄，激荡起盘旋的浪花，冲击着视觉，震撼着心灵，由西南奔流而来，向东北奔流而去。视野里宽阔的黄河，滔滔不绝，是一首文笔恣肆、极具张力的长诗，被雄浑自然的声音吟诵着，荡气回肠。回想古诗中的"九曲黄河万里沙，浪淘风簸自天涯"，现代诗中的"我们民族的伟大精神，将要在你的哺育下发扬滋长"，内心的情感，波澜壮阔。

第一印象中的兰州城，身着的是并不那么华丽的旧衣；沿黄河两岸百余里滨河路上的风情线，则是崭新的长裙，是盛装美服。百里风情线上，绿植繁茂，有观光长廊，有各种雕塑、公园、广场、喷泉，景观无数。黄河衣裙的美，足以彰显兰州人对黄河的深情挚爱。那是儿女感恩母亲的回馈。

从中山桥往西南方向走十几分钟，就来到黄河母亲雕塑前。雕塑的石头，是黄河水的颜色，母亲的形象，是青春丰腴的女子，半卧半坐，长发飘逸，面容柔美，嘴角上扬，低眉含笑，注视着怀中胖乎乎憨笑可掬的婴儿。一座坚硬的石塑，让人置身于柔情的磁场，心底温暖的波流轻轻荡漾。黄河母亲，以奔流不息的黄河水，哺育着龙的传人，润泽着整座兰州城。黄河北岸的白塔山，兰州城南的

皋兰山，繁茂的绿植都根源于黄河水的滋养。滔滔不息的黄河水，更滋养着土生土长的兰州人，以及从外地奔赴兰州的甘肃人。

小饭馆里，与两位陌生大姐拼桌而坐。她们主人待客般，向我和朋友推荐饭店的拿手好菜，也欲把自己点的菜推向我们近前。两位大姐来自甘南缺水地区，在兰州做保洁多年，已在兰州定居。说起来兰州的缘由，缺水导致各种生活困难，孩子上学也不方便。

离开兰州去敦煌的动车上，我和一对回乡探亲的小夫妻闲聊。小两口在兰州工作，父母和幼儿在酒泉市下属的瓜州县农村。瓜州降水稀少，灌溉困难，作物种植不易。小夫妻在兰州尚未扎下根，每逢节假日，就奔波在兰州与瓜州之间的列车上。

兰州城拥挤的一个重要原因，想必就是甘肃人多向往临水而居，享受黄河母亲的滋养、惠泽吧！

下午从兰州乘动车，次日晨到敦煌，游览鸣沙山、月牙泉和莫高窟。在敦煌住一晚，再坐大巴去登嘉峪关古城。看过长城第一墩，夜宿嘉峪关市内，再坐动车到张掖欣赏七彩丹霞。之后乘动车返回兰州，这是我作为散客与人拼团游甘肃的三日行程。所游景点，皆如黄河一般，给人强烈的视觉冲击和心灵震撼，多让人叹为观止。虽是散客，享受的接待和导游服务却也热情周到。所至几个旅游城市，导游必介绍的，是河，敦煌的党河、嘉峪关的讨赖河、张掖的黑河，以及与河有关的祁连山的雪。从介绍的语调，可以感受出浓郁的亲水情愫。是啊，这次游览，全部行程几千里，坐在车上赶路，视野所及，多是我从未见过的荒凉戈壁。戈壁茫茫，满目沙石之外，偶有几棵草，也灰头土脸缺少生机。极少出现的绿洲，一蓬蓬团状的植物，宛若一群群肥硕的绵羊，植物与水亲密相依，在车窗外呼啸而过。

生在甘肃长在甘肃的导游，缺水的体验更深刻，生存质量的提高需要更多品质的保证，才更珍惜自然和先人赐予的旅游资源，为来自甘肃之外的游客服务，才更加热情周到吧！

所游景区，接触到的工作人员，也都平易温和，亲善可人。骑骆驼上鸣沙山，拉骆驼的小伙儿，黑瘦精干，让我们叫他小金。等待游客的骆驼，五匹一组，卧在山脚下休息。我在内的五位游客，骑到小金负责的骆驼背上，不知小金给了个什么信号，五匹骆驼就都站起来，一匹接一匹连成一条线往沙山上走。我骑的骆驼，嘴上戴顶红色的帽子，偶尔会踏出队伍影响直线的美，又每次在小金示意下退回直线内。小金健谈，一路指挥着骆驼规范着队形，一路和我们交流。他指着我骑的骆驼说，这是匹十二年的骆驼，体重过千斤，不老实，口气还臭，怕它向游客喷唾液，就给它戴上了"口罩"。耀眼的阳光下，一组一组骆驼，都在既定的沙路上，连成长长的一道弧线，缓慢沉稳地向鸣沙山上移动，与棱角分明、曲线柔美的鸣沙山互相映衬，格外壮观。从鸣沙山下来，加了小金微信，回河北，几次向他提问，小金都礼貌答复。赶上旅游旺季，游客多达四五万人，他每天都要拉着骆驼山上山下往返八九趟。人在沙窝里前行艰

难得很，再加上紫外线格外强烈，其中辛苦可想而知。冬天是淡季，很多骆驼被老板们交给专门在野外放骆驼的人去放养，小金和很多拉骆驼的同行没了活干。要养父母妻儿的小金，自然闲不住，就到条件更艰苦的西藏跑车挣钱。质朴随和的小金，吃苦耐劳的精神，像被他驯服的骆驼。

在嘉峪关长城第一墩景区内的戈壁上，我亲近了那些颜色灰暗、身形矮小的绿植。问导游小王，我认识了蓬灰菜、霸王草、骆驼刺……其中的蓬灰菜，干后烧制成草灰，加入兰州拉面，口感劲道。我几十年对兰州拉面不曾感兴趣，在兰州几日，每日一碗，其中滋味，实在是好。导游小王介绍，作为地级市的嘉峪关，人口才二十余万，人稀树少，养活一棵树，比养大一个孩子还难。嘉峪关的树，多旱柳胡杨，都是极耐旱的树。小王矮胖而黑，面容却灿烂得很，正值国庆假期，一路带着她上小学的胖儿子。长城第一墩本不在行程之内，是自费自愿的项目，小王服务过于热情，向大家推荐时，我与同行的人碍不过情面，也或许因为她的胖儿子和养孩子难的话，纷纷掏了钱。可想而知，小王多少会挣些提成，她的过度热情里，应该有愧疚与无奈的成分吧。因为她推荐的自费项目，号称"天下第一雄关"的嘉峪关古城，我们游览得过于匆忙。

七彩丹霞山上，强烈的日光，把我和其他游客的影子，清晰地投映在山壁，似乎想要留住什么。影子丛中，稀零零生着几棵草，其中有我刚认识的蓬灰菜。短短几日，在甘肃行走，我的影子，众多游人的影子，投映在中山桥上、黄河岸边，投映在鸣沙山上、月牙泉边、莫高窟下，投映在嘉峪关城墙、丹霞山上……

干旱少雨、戈壁茫茫的甘肃，以其得天独厚的旅游资源，让游人领略了震撼心灵的自然和历史文化景观，感受到被甘肃水土和人文环境涵养的普通人的气质。我们也该为甘肃，留下一点儿什么吧。

希望我们投映在甘肃的影子，真的被留住，化作河水、雨水，化作旱柳、胡杨，哪怕只是化作蓬灰菜、霸王草、骆驼刺，点缀茫茫戈壁，也好。

一艘独具匠心的爱之船

中考那年，因为父亲突然离世，母亲的工资难以支持他和弟弟两人的读书费用，无奈他选择了几乎不用交学费的海运学校。毕业后在海运公司工作 24 年，他与大海结下不解之缘。

他随船出海，风浪猖狂的暗夜，眩晕呕吐得有气无力。波浪的声音在船舱外徘徊，像狼嚎一样让他毛骨悚然。平静时温情美丽如天使的大海，向他展示着疯狂肆虐如魔鬼的一面。

他离开海运公司，"记忆仓库在某天像自动打开的画册，一个个镜头扑面而来"，记忆镜头中，多的是与海运相连的人和事。

他就是广西北海作家庞华坚。反复品读他的散文集《慈航》第一辑"眺望"，随他一起回望大海，回顾海运公司的兄弟们，随着内心的波起浪涌，眼里也常有浪花溅出。

以前，爱听歌曲《漂洋过海来看你》，每每被浪漫的痴情所感动。读《慈航》才知，那些成就浪漫、普度痴情，长期在海上工作的人，会患上风湿等许多种难缠的职业病。退休第二个年头便逝去的陈船长，在船上突发心肌梗死离世的陈电工，在事故中被打断左脚装上假肢去商场角落摆小吃摊的神仙师兄……大海带给他们的，除了养家糊口的高薪水，更多的是沧桑和苦痛。

然而，海运人也绝不乏浪漫和温情，不失生活的品位。常年颠簸在船上的老江，珍存着读海校时简单抽象的素描，忘不了青春时吟唱的歌曲《秋蝉》。皮肤粗黑发亮的黑皮大哥，借擦鞋之机多给些钱，照顾生活艰辛的擦鞋店女人。退休十年仍任职，工作之余喜欢约老友喝早茶的苏船长，虽然头发越来越稀疏，身体单薄且已弯曲，衬衫却一如既往的干净、挺括，于人声鼎沸中谈笑风生。

庞华坚把内心深处的心疼与眷念，注入指尖敲出的文字，靠海运谋生的那些人，便都从未知的远方，个性鲜明、气息生动地走近我们。他们的命运和生活，似乎就在眼前，牵着我们一起无奈和疼痛，一起牵挂和热爱。

《慈航》第二辑"银滩"和第三辑"海堤"，主要写故乡的风物、人情、旧事，情调是略带感伤的醇厚、温馨。

昔日的银滩，沙滩寂静雪白，大海里、沙滩上、村子里的动物在海滩上和谐相处，相安无事。马尾松林里偶有雀叫蝉鸣，和着林

子外此起彼伏的涛声。少年的他和伙伴们在林中野餐、闲聊，"到海水里上蹿下跳，仰天长啸，搏击风浪"。成为著名风景区后，游人渐多至成千上万，他"多管闲事"地担心，担心银滩的沙会被无数肆意的脚板践踏变黑、变板结，担心稳固银滩的马尾松林被连根拔掉，担心银滩像街心广场一样喧嚣……担心自己赞美银滩的文字引来更多游人，与沙子相依相伴的树木、青草被践踏。担心与日俱增，对故乡的热爱愈来愈浓。

"我从来没有因为熟悉，而对银滩的美熟视无睹……"饱含深情的文字里，流淌着他浓于海水的血液。因为银滩边有他挚爱的亲人，有他的同学、邻居。

庞华坚幼年长在盐坡尾外婆家。外公是个慈祥的老头儿。他受了委屈跑到荒芜田野罕有人至的角落，困倦得睡着，醒来发现脑袋枕着外公的大腿。父亲调回居住的乾江小镇任教，经常有学生或家长从数十里外走路来探望。原来父亲在镇外几所学校任教时，资助过不少学生。长大后的庞华坚坚持公益助学，或许就是在用行动表达对父亲助人美德的崇敬。乾江小镇的风俗，参加红白事时，家里长辈要嘱咐小辈带上一两片桃叶辟邪——"临出门，她会指着后院里的桃树问：摘没？"母爱的温情，在简单重复的一指一问间清馨四溢。

父亲去世，他带弟弟垒起家中的围墙，让花木旺盛；他到盐场修海堤，赚取生活费用；航海实习后搭车回家，委屈的眼泪涌出来，自己又很快抹掉，因为他十六岁就意识到"不能泪眼对寡母和幼弟"。他早早地成长为一个有责任、肯担当的男人。及至到了城里做了父亲，他对自家小子用情更深。

凭汗水、力气和耐力开荒种地、种菜、养鸡鸭，建起只有两人的无名小村庄的七叔七婶，手艺高超的哑巴理发师阿九，对他家友善的"恶婆"邻居阿姨，借钱赌输后失踪的同学老胡……故乡人，往昔事，庞华坚娓娓道来，笔调看似平静，字里行间难见一个"爱"字，细细读来，却隐约有一片深情的大海，爱来爱往，如潮涌动。

第四辑"浪花"中的文字，聚焦浪花般的生活点滴，写梦想与爱情，写行走与沉默，写偶然却难忘的相遇，写城市里的家，写无数时光过去后自己的世界开始暖和。生活的细节融化掉少年的忧伤和成年的沧桑，诗意的浪漫像浪花一样开在生活的大海上。五个没见过面的诗友，从四面八方聚到一起，很认真地聊了一晚诗。和他一起困在电梯里的女人，黑暗中镇静地把包里的话梅和无花果递到他手上。"在楼梯处和无数面孔相遇""一张张脸，像途中相遇的树叶，它们在风中飘向我原来并不在意的某处"。去西藏，他顿悟："天下没有远方，有爱便是天堂！"

热爱生活的庞华坚，"爱所有黑暗，正如爱所有明亮"。

眺望、银滩、海堤、浪花——四辑内容，由远及近，由与海密切关联的景物、人、事到海浪花般的生活，构思巧妙。清新而富有张力的语言，新鲜的比喻，整齐的排比，深沉的反问，将光阴之海上无数细节的材质，用古朴、深沉的爱铸成一艘独具匠心的慈悲航船。

慢慢品读庞华坚的散文，任《慈航》这艘爱之船，带着时光斑驳的痕迹，载着神思穿越距离的大海，驶向银滩、碧海、红树林，在北海，在乾江小镇，在盐坡尾村，邂逅不曾擦肩的那些人……渐渐地，被他的文字与情感魅力所感染。掩卷沉思，忽有所悟：爱的慈航，可载我们安然行驶于风浪起伏的生活之海。

第 五 辑

春意是一颗婆娑的心

春意是一颗婆娑的心。这颗心，题写着对尘世的热爱："艳阳天气，是花皆堪酿酒；绿阴深处，凡叶尽可题诗。"这颗心，会带着喜悦婆娑起舞，让生命之树葱葱茏茏，让生活之花流光溢彩，让人生旅程花木婆娑。这颗心，即使偶有悲伤，惹得泪眼婆娑，也会化为希望的暖阳，照亮自己，温暖尘世。

希望，从忍冬的芽出发

新年第一天，我走近一个广漠的园子。凛冽中，站在栅栏外向里望，疏落的秃树，繁密的秃枝，高低错落，擎着枯瘦的黄，凸立在黄土上。水泥和彩砖铺就的路，盘桓于大面积的枯黄间。园门半开，园内空无一人。如果不看园门上方的大字、园门旁的售票亭、园门内用朱红书写着"国色天香"的石碑，很难想象这里是春末夏初的繁华景点——牡丹园。

牡丹花，曾引动多少古人的诗情？单是唐人佳句，就如牡丹重重叠叠的花瓣，绽着鲜妍，溢着芬芳，托着爱的蕊，千余年丰姿不减。追溯"国色天香"的出处，会吟诵李正封的"国色朝酣酒，天香夜染衣"。聚会从红霞满天的早晨开始，不知不觉夜幕降临，灯光摇曳，举杯畅饮，衣袂飘香。衣服上浸染的岂止是酒香，更是那氤氲在空气里的牡丹香。牡丹花五彩缤纷，红色最常见。袅袅娜娜的红牡丹，含着烟霞，依依向人，欲语还羞，惹得殷文圭爱怜地描摹："红艳袅烟疑欲语。"缀满露珠的红牡丹，喝醉美酒般微微倾斜，那妩媚动人的姿态，挽留住春天匆促的脚步，引得柳宗元由衷地赞叹："欹红醉浓露，窈窕留馀春。"

我走进园子，独自流连。临着盘桓的路，每隔一段就见一块红漆木牌，上有各色娇艳的牡丹花照片和文字介绍、品种名称。香玉、蓝宝石、白雪塔、映日红、乌龙捧盛……所有名字，都极富美好的画面感。百度网介绍，这个园子占地 500 多亩，栽植着国内外 600 余种 30 多万株牡丹。现代花卉栽培技术非古人能比，暮春时节，所有牡丹一齐盛开，该是怎样一片姹紫嫣红、诗情画意的花海？唐代诗人们汇聚于此，又该是怎样的心醉神迷，诗情荡漾？纷至沓来的现代人肯定迷醉了。从百度网上千张牡丹花海畅游的照片，可以想见游人络绎不绝、熙熙攘攘的盛况。

北方的新年，正值数九寒冬。远处一瞥，这牡丹园广漠枯黄，萧瑟一片。不走进园子，不低头细看，你很难发现那些新芽，已忍着冬寒出发。那繁密的矮瘦的秃枝，萧瑟的枯黄间，一颗颗猩红的新芽，嫩笋尖一般，鼓胀着希望，在枯寂的寒冷中蓄势待发。无数新芽，正耐着冬寒，积蓄能量，潜滋暗长，只等春风一呼，便舒展为叶，吐露为蕾，暮春一唤，便绽成茂叶繁花，绽出国色天香，倾城倾国。

　　仔细观察，园子里高出牡丹枝的疏落秃树，也多擎着希望的芽。最惹眼的是玉兰毛茸茸的花苞，在寒风中每摇动一次，希望似乎就膨胀一毫；还有我认得出的桃树，枝上也拱出了灰褐色的小犄角儿，那也是拱向春天的新芽。春天美丽的花蕾，都不是在一夜和风里开放的。冬天，他们就醒了，忍耐着酷寒，以芽的形态，裸露或隐身于枯黄的枝头，汲取着营养，蓄积着力量，膨胀着希望。

　　新年的朋友圈，很多朋友写下新的希望。我也公开发愿：用心生活，踏实工作，坚持锻炼；晨起写字，睡前读书，蓄小才，行微善。让寻常的日子不一般。

　　新年的新，原来不只在人们心头，也在花树花枝上，在刺骨的冬寒里悄悄演绎。怀着新希望的我们，就学一棵棵忍冬的花吧，深深扎根脚下的土地，迎风冒寒，孕一颗颗新芽出来。希望，从忍冬的芽出发，即使绽不出牡丹花的国色天香，也总会有美丽的新花，在新的一年开出来。

春意是一颗婆娑的心

最早的春意，是鸟衔来的。立春刚过，华北平原的草木还枯瘦着，我住的楼前，一对花喜鹊，就每日"喳喳"喜不自禁。它们婆娑起舞的影子，频现于最高的国槐树梢。清晨，一只喜鹊横衔一根纤树枝，向披着金色阳光的树杈间飞。一个家的轮廓渐渐膨大、清晰。节气渐过雨水、惊蛰，日子流转，小区花园内的柳和海棠、樱花和丁香，以及添了新居的国槐，睡了一冬的秃树枝，次第被喜鹊的歌声和舞姿唤醒，探出犄角儿，爆出新芽，绽出嫩叶鲜花。树下的草醒得早，新绿的裙尾曳地，绿底繁花的春光长裙更显飘逸。

植物园里，麻雀"叽叽叽叽"，扑棱着轻盈的翅膀，四面八方飞上飞下，抖搂出满世界的欢快；巷子上空，鸽子"咕咕咕咕"，

舒展开健美的羽翼，给电线纵横的五线谱，点缀上希望的音符。一群群婆娑起舞的鸟，扇动着春风的翅膀，传递着声声春讯。迎春黄、玉兰白、杏花粉、桃花红……小城的每个角落，都溢满了自然的生气。

西北平原的朋友在菜地里发现一株开花的草，紫红的茎，边缘生有锯齿的近圆形娇小绿叶，淡蓝花瓣布着深蓝纹理的玲珑小花。草的学名"婆婆纳"已经够动听，朋友故乡人赋予草的小名更有生趣——"婆婆娑"。婆婆娑是报春草，一朵朵淡蓝的秀美小花，柔柔弱弱地婆娑起舞，舞出了新绿盎然、繁花似锦。

"婆娑"二字，我和朋友都喜欢。《现代汉语词典》中"婆娑"的意思，一为"盘旋起舞的样子"，二为"枝叶扶疏的样子"，三为"眼泪下落的样子"。春的脚步由南向北，走遍华夏大地。鸟愉悦地歌唱和飞翔，草木萌动、吐绿绽芳，都是春风挥动着衣袂，在盘旋起舞。春风婆娑起舞，花事起伏，春意渐浓，姹紫嫣红，枝叶繁茂，花木婆娑。"清明时节雨纷纷"，墓前祭扫，祭祀先人的泪潸然下落，泪眼婆娑。"清明谷雨两相连，浸种耕田莫迟延。"勤奋惜时，大地上处处可播下丰硕的种子。如果用一个词形容春意，我首选"婆娑"。轻声念出"春意婆娑"，唇齿间会洋溢出蓬勃的生机、真挚的情意。

我走路上下班，路过一座临街的老楼。二层一户人家，旧窗内几十盆花草，四季常有花开，春日里更是众花争妍，明媚耀眼。

傍晚开车出门，路过学校时突降急雨。人行道上一少年，把背上的书包护在怀里，弯腰健步向前奔。我把车停在少年前面的车行道边，开了窗对少年喊："快上车，我送你回家！"急雨飞进车窗，携着少年感激的声音："阿姨，不用送，我一会儿就到家，谢谢您啦！"我把副驾驶座上的伞递出窗子，少年笑着摆手："这点雨不怕的！谢谢阿姨，再见！"话音未落，少年继续护着书包，弯腰健步向前跑。

周末逛北京，冒着细雨寻访老胡同。曲径通幽的逼仄里，隐藏着历史的厚重，上演着现实的蓬勃，弥散着生活的气息。在作家林海音童年居住过的南柳巷，骑自行车的中年汉子对后座上的女孩儿说："雨落在脸上，是小雨滴想亲亲你。"幼小的女孩儿，仰起白胖的小脸儿，漫天零零星星的春意，全扑入黯淡的巷子里。

春分日，江苏响水的一场爆炸，数百人受伤，数十人永远告别了春天。灭火救援的消防官兵，有豁着性命冲进烈火救人的，有三过家门而不入的，有脚被腐蚀仍咬牙坚持的，有受伤住院却让做医护工作的妻子先救别人的……盐城支队的救援武警，在事故发生地的学校临时驻扎，几日后转移，他们清理好教室，在每张课桌上整齐摆放了苹果、面包、八宝粥、矿泉水等吃的喝的，在黑板上留下一行行粉笔字："借用你们的教室，多有打扰，敬请谅解！""亲爱的小伙伴们，一分耕耘，一分收获，祖国有你，未来可期。""你们是花季的蓓蕾，你们是展翅的雄鹰，明天是你们的世界，一切因你们而光明。"……

如果用一句话诠释春意，我想说：春意是一颗婆娑的心。这颗心，题写着对尘世的热爱："艳阳天气，是花皆堪酿酒；绿阴深处，凡叶尽可题诗。"这颗心，会带着喜悦婆娑起舞，让生命之树葱葱茏茏，让生活之花流光溢彩，让人生旅程花木婆娑。这颗心，即使偶有悲伤，惹得泪眼婆娑，也会化为希望的暖阳，照亮自己，温暖尘世。

心灵抵达

"炎云如烟火，人形如煮物"，正值大暑天气。午后，坐在知青小镇树荫下的文友，仰望着蓝天白云，满脸汗珠往下坠，像刚从雨帘里钻出来。我的眼睛早被淹疼，前胸后背细流暗涌。

早晨六点多，文友们从保定城的四面八方，涌到提前约好的天桥边，等候七点出发的大巴。多数文友是上班族，保定市区的、各县的、首都的，为了这一天，提前请好了假；也有自谋营生的，暂忘却红火或清淡的生意；还有退了休的老大姐，放下家务、放下孩子，步履蹒跚走进候车的人群。几十颗朝圣取经的心，都向着涞源的方向。

这天上午，涞源文友会的主要内容，是关仁山以"抒写新时代"为主题的讲座。我对关仁山的虔敬，绝非他河北省作协主席的头衔。

读他的小说，被摇曳在故事情节和人物场景间的魔幻色彩所吸引，被倾注于土地民生问题的人性关切所感动。参加培训时曾经一见，听他用唐山味普通话热情洋溢地聊文学与人民，看他不厌其烦应邀与基层文友微笑合影，敬他散会很久仍平易耐心地给县级文学期刊题词。喜欢收藏作家签名书和字画的朋友，向我要去关主席手机号码，只一个电话冒昧打给他，就意外而惊喜地收到几本签名书、两幅字一幅画。

由于这份虔敬，很少参加文友会的我，前一日黄昏，就从百余里外的小城坐高铁到保定。从车站打了车，刚到女儿租住的小区门口，雨就从天上泼下来。女儿有事外出，我没有她房间的钥匙，在小区门口的狭窄商店里避雨一个多小时。能听到德高望重的作家讲课，这样的辗转麻烦又算得了什么？一大早赶到天桥边的文友，或许多如我一般辗转而来。他们心中，想必也多怀有一份虔敬吧！

大巴驶离市区，绵延青山迎面而来。一路欢欣的憧憬，向着青山蜿蜒而去。谁也没在意司机师傅选择了哪条路，大家一致认为讲座开始前必能抵达。直至车忽然停下，才意识到司机师傅没走高速。前一天的大雨，导致滑坡而下的土石堆拦住本就狭窄的道路。滑坡的地点，距目的地只还有一两公里。

大巴停留片刻，无奈掉头。司机师傅载着文友们在青山间绕了一会儿，提前一天抵达的文友在朋友圈发消息，讲座已经开始。而我们，距开会地点却越来越远。带队老师和领导联系后决定，一车文友，路边用午餐后，改去易县知青小镇采风。于是这个大暑日的午后，文友们意外得到坐在知青小镇大树下聊天的机缘。

这个身体没能抵达文学讲座现场的闷热暑天，一定有些文友实现了心灵的抵达。一路颠簸着关乎文字的专注畅聊，自产的诗文集在文友手中热情传递，由憧憬到遗憾再到泰然的神色变化，都是心灵抵达文学的外在形式。在滑坡地段停留时，几位文友走下大巴，与路边养蜂人攀谈，了解滑坡细节的瞬间；想到司机师傅或许为节省高速费选择崎岖公路，大家与现场讲座无缘却默默谅解的瞬间；知青小镇入口处，佝偻瘦弱的老妇颤抖着声音兜售毛桃和黄瓜，慈眉善目的文友大姐，掏出二十元的钞票默默塞到老人手中的瞬间；文友们再经一番辗转回到保定城内城外的四面八方，专心致志补听讲座录音、郑重写下文字的瞬间……一些心灵，已经在实质上，抵达了优秀作家的精神磁场。

炽热阳光下一粒火种跳跃，清凉明月下一缕清风摇曳，精神的遥相呼应，恰似心灵的默契抵达。

泰山向日行

午夜刚过，前大灯照亮漆黑的盘山路，大巴载着我们蜿蜒而上，一个小时就到了中天门。夜登泰山，是为了向着太阳行进。下了车，司机师傅说，时间很充裕，慢慢走，五点二十分到山顶就行。不过，日观峰上已经一周没见到日出了。

黑蒙蒙的山上，苍松翠柏的轮廓将天空绘成一只巨大的喇叭花。喇叭口的月亮绕着一圈金色的光晕，明亮的金星伴在近旁。天上的白云一团一团，一颗、两颗、三颗……星星明明灭灭在白云间。女儿惊喜地喊："能看到月亮，就有希望见到日出！看啊，月亮在动，云也在动！"爸爸对女儿说："是你的心在动呢！"

夜半登泰山，更险更难，却绝不孤单，南腔北调各种口音此起彼伏。身边，一道道光直指脚下的路，光源是红黄蓝绿各色手电筒。脚下，台阶和石栏相交的角落偶现一棵或一丛野花，手电筒光下可以清晰地辨出颜色，或是喜人的金黄，或是清雅的淡紫……抬头看，商店的彩灯和手电筒的光束隐隐现现地蜿蜒而上，成了一条飞在黑夜中的长龙，亮光点点，是龙的鳞片。石阶路越来越陡，月亮越来越近，白云变成退潮时的沙，一片一片，还留有一波波潮水的晕痕。

一路上行，登上泰山的标志性景观——势如天梯的十八盘。流泉飞瀑，至此更奇：潺潺，铮铮，淙淙，哗哗，缓缓急急，抑扬有致。这润泽的水的歌唱，湮没了人们夹带着愉悦的喘息声和若有若无的风声。

在夜色中逍遥而上，迈过龙门，再攀一段，台阶越来越陡，走走停停目测坡度，五十度？六十度？七十度？八十度？每走上几十级窄长方形的石阶，就有一块大一些的三角石，石阶在这里转折，游客在这里暂憩。水声渐缓渐轻，清幽的风声水落石出般进入双耳。这样的时刻，虽不能感受"千山闻鸟语"的美妙，却可静享"万壑走松风"的从容。仰首望月，月近随人，满天的云，薄下去瘦下去，已化作一道道的流沙。回望山脚，霓虹点点，闪闪烁烁，已有天上人间之感。我们与太阳的距离，已越来越近了。

云和星星淡下去，淡成天空的一片灰，只剩一枚半弯的月亮。脚步踏过梦幻般缥缈的天街，站在日观峰上，四面袭来股股凉意。看看时间，恰近五点二十分。日观峰上已涨潮一般，挤满了成千上

万的游人。平台上，峭岩间，站着的坐着的，都虔诚地朝着东方，像等待着一场盛大的表演。视线里的那一片东天，由灰而赭，由赭而蓝，继而七彩变幻，云霞弥漫，日观峰下云气腾腾，滔滔如海，天和云海相交的地方，金光灿灿。一块一片的金云，转眼间就聚成一座金山。所有的人都屏息凝视，金山云海之间，太阳露出了小半边脸，一点一点，上升，渐圆。圆晃晃的太阳跃出云海的瞬间，几束金光劈云破雾，照亮连夜登山向日而行的人们，伴着一阵阵排山倒海的欢呼……

泰山之巅，我们看到了最美的日出！忘却了寒冷，忘却了连续几小时在陡峭石阶上攀登的疲惫和腿脚的疼痛，每一根血管都奔涌着兴奋和激动。

能与泰山的日出邂逅，实在是游客的幸运。然而，即使见不到日出，漫漫长夜，向日而行，心中便有太阳的光亮指引，一路上，星月同辉，云泉飞瀑，不都是最美的风景？人生亦如此，目标明确，便如登泰向日而行，步步踩实积极攀登的过程，就是一道无悔的风景。太阳定会升起，即使云遮雾绕，朗照不到面前的这一方天空，站在观日的绝顶，便已经抵达"一览众山小"的成功胜境。

风的方向，我的方向

"立意明晰、构思新巧" "形象鲜明、意境深邃" "语言简洁、明快、生动、自然"……这些美好的词句，出自文学期刊上我文章后的点评。1990 年春天发表的《原来的我》，算是我的处女作，千余字的小散文，稚拙表现了文学创作不能远离生活和人群的主题。编辑老师千余字的点评，像温暖的春风，把十七岁的我，吹拂成师范校园顺风行走的花朵，向着果实溢香的秋天飘移。

兴趣的方向，不止一种选择。我偏爱上写作，与鼓励赞誉的春风密切相关。向更早时追溯，初中、小学阶段，我涂鸦的习作，一次次被当成范文，语文老师抑扬顿挫地朗读，牵动几十个同学佩服的眼神。那样的时刻，老师的声音、同学的眼神，惠风般和畅。顺

着那声音和眼神的风向，我看见自己朦胧的作家梦想。

　　作文实践的路上，他人的激励、赞佩和帮助，都是和煦的顺风，助力我前行。

　　也偶有逆风来袭，绊过我前行的脚步。小学四年级，我借几个细节赞美班长敦厚、尽责的习作，又被老师当范文朗读。班长是男生，一个调皮女生便有了"把柄"，课间，她怪腔怪调地宣扬我和班长谈恋爱。她出于嫉妒的恶作剧，让我的兴奋瞬间化为怨愤。隔了好久，才恢复作文的兴趣。

　　师范毕业，有十余年，追梦的脚步停滞不前。忙于工作、生活，忙于恋爱、结婚、生女，忙于别人和自己孩子的教育，身心疲惫，小恙常袭，哪还有闲情作文？

　　终于重新拾笔，对文字的专注和敏感却不如朝气蓬勃的青春时。重新尝试投稿，辗转加了一位编辑的QQ，满心虔敬地把文稿传去，满怀希望地期待指点。或许我的文质低劣，文稿与杂志风格、栏目设置相去甚远，惹恼了编辑，等来的回复，犹如迎面袭来的一股冷风，卷跑了我前进的自信。回复只一幅图片，悬崖上一个人，左脚独立，右脚飞起，已将另一人从崖边踹离。被踹的人手足无着，向深渊落去。

　　如今，我发表的文字，已达几百篇；出版的书，也有了几本。"我常把您的作品印发给学生……""我在语文试卷上阅读过您的散文……""我拜读过您的书……"陆续有陌生读者，成为我的粉丝。

他们来自全国各地，有语文老师，有大中学生，有机关干部，有普通工人。

"出一本书，自己得花好多钱吧？"一绅士模样的人，得知我出了书，眼神和语气中满是不屑。他以为，平常女子出书，只能自掏腰包，绝不会想到，出版发行我的书，付我稿费或版税，是出版方自愿的事。

忙碌时光的夹缝里，我依然向着十七岁选定的方向前行。白天的时间少得可怜，夜晚的时间才像海绵里的水，每日都可以挤出来。居家之夜，爱人打着呵欠关掉开了几小时的电视，我还端坐在电脑文档前；夜乘火车，别人对着手机屏幕追剧，我对着手机屏幕拼字；夜登泰山，我挤在游人间拾级而上，别人歇息时，我也暂停脚步，在手机笔记中记录，到山顶观完日出，一篇游记也完成。放弃了一些娱乐和休息时间，文字在指尖开出花朵，偶尔收获几枚果实，即使不丰美，自己也珍惜。感恩读者的认可和激励，学会忽略虔敬和溢美；面对不屑也面对批评，学会笑纳和反思。

大暑天，爱人驾车在高速上行驶，向着革命老区冉庄的方向。我坐在车内，读贾平凹的散文集《愿人生从容》。我朝着兴趣的方向前行，速度依然缓慢，远不如高速行车疾速，然而如车行高速一样，我已不再受风向的影响，不管顺风逆风，都行进得平稳从容。风的方向，关联过我的方向；我的方向，又与风向无关。

《静虚村记》描述在城郊租赁农家民房栖身的生活，村庄古朴，村景静美，村民厚诚，村水清甜，村风和谐。贾平凹代村人写书信，知道了每一家的状况；辅导村里孩子作文，越发被村人器重；写村人叙说的新鲜事，与他们同醉同睡。在平易鲜活的文字茂叶间，洞见他牢扎于寻常百姓烟火深处的创作之根。

炎阳似火的天气，近四十度的高温。我漫步于冉庄地面灼热的街巷，钻行于闷热矮窄的地道遗址。在地道纪念馆，聆听关于现实主义创作的讲座。"作家要广泛吸纳，扎根生活……"讲座的要义，让我回想起十七岁发表的处女作——我远离生活和人群以为能寻到成为作家的我，然而冥思苦索闭门造车的结果却一无所获。我再次走向世界和人间，悄悄露出地平线的太阳，让我看到"一个迷人的火红的充满生机的生命"。

书香扮靓"逆"时光

我去北京办事。在炎阳下跑了大半天，事情却没办成。沮丧地赶往西客站买到返程票，距发车时间却还有几个小时。大街上酷暑依然如狼似虎，无心游逛，只好拖着疲惫的身子走进候车厅。本来宽敞的大厅，满眼都是候车的人，好不容易才找了个插脚的位置。几小时，多难挨的时光！

我从包里抽出路过王府井书店时买的书，张丽钧的美文集《让我在鲜美的时候遇上你》。封面底色是清浅的黄与安宁的绿，衬着墨色勾勒的画面：小桥，流水，桥上一树，桥下一舟，舟上一人一桨，水中有倒影。桥上的石阶，静候谁拾级而上。桥那边，该是芳草鲜

225

美、落英缤纷的桃林美景吧？简洁的画面，意蕴无穷，让人想
到丰子恺的"人散后，一钩新月凉如水"，于是燥热的心逐渐降
温。轻轻拈动书页，淡淡的纸墨香涟漪似的扩散，将我包围在文
字的波心。

山水盆景中的一株小草，夜半花开的子午兰，普通工友心空的
云朵，人们习焉不察的平凡，都被作者匠心独运的爱捕捉到，经她
的锦心绣笔点染，托举到眼前。心底有水潺潺，一点点洗涤着精神
的沮丧和灵魂的尘埃，整个人也"从尘世喧嚷中沉静地滤出""步
入一种全新的纯美境界"。很快，我就沉浸在淡淡的书香中，如入
土地平旷的世外桃源，置身良田美池间，避身桑竹之下，神清气朗，
眉间含笑了。本来失意无聊的"逆"时光，被那些立意超拔、启人
心智的妙文，装扮得风生水起。

我想起小时候，家里穷，父母早晚忙碌，我每天要帮家里做饭，
在锅灶前烧火，烟熏火燎。我却常捧了本书，在添柴的间隙看上几眼。
一日母亲在锅里炸油饼，我在灶前看书添柴。母亲出去拿东西，锅
里的油突然起火，火光直冲屋顶。我着了慌，不知如何应对这突来
的危险，只把书紧紧抱在怀中。幸好母亲及时赶来，拿起个笸箩扣
在锅上，才避免了一场灾难。因为读书痴迷，我在灶前读书的清贫
时光，包括那惊险的一刻，常被母亲向邻里和亲戚炫耀。每每提起，
母亲眼里，满是慈爱和骄傲。

生命的时光难免有忧郁蹙额、憔悴苍白的时候，而书香是最好

的美容师，书中美景点亮明眸，书中诗意吟喜眉梢，书中哲思启迪智慧，书中真情涤释心怀。那些不尽如人意的"逆"时光，何不让书香扮靓？

莫忘带上自己

中国近代文学家梁实秋的记游文字里，亨利·福特故居一间屋子的壁炉上方，有一行英文格言，意思是："柴要自己砍，身体便可以暖两回。"

这句格言启人心智：一切自觉自愿、自强不息的努力，在获取成果时固然可供享受，在努力进行的过程中也自有乐趣。自己"砍柴"，自备的能源可发热发光，"砍柴"的经历和经验也都是财富。自己"砍柴"的人生，常感温暖，常见光明，长显丰盈，长伴风景。

亨利·福特就是自己"砍柴"的楷模。他从小迷恋机械，凡事喜欢自己动手，早早积累了丰富的制造经验。更为关键的是，他自己掌握生命的航向，自己绕过暗礁战胜风浪，满载辉煌抵达成功的彼岸。23岁时，父亲给他40亩木材地，让他放弃做一名机械师。他却在自建的婚房里藏了个工作间，在其中掌握了汽车生产和装配的关键，熟悉了流程的每一个细节，成为杰出的汽车工程师。成立的第一家汽车公司破产后，他仍然奋勉不息，终于成为福特汽车公司的创始人和杰出管理者，成为世界上第一位使用流水线大批量生产汽车的人。美国学者麦克·哈特所著《影响人类历史进程的100名人排行榜》一书中，他是唯一上榜的企业家。

高考结束，苦读多年的学子，面对的不只是忐忑的等待、漫长的假期，青春的另一段旅程，即将开始。父母的关爱，老师的关切，社会的关注，陪同学们闯过高考，凭着惯性继续向前冲，很容易冲淡独立意识。作为一个陪女儿闯过高考走向大学的母亲，我想提醒同学们，青春再启程，莫忘带上自己。

选择前行的方向，问清自己的本心。一所大学一条路，一类学科一条路，一个专业一条路。国内千余所大学，涵盖十几个学科大类，五百余个专业。公平竞争的高考，为青春提供了很多条路径。大学和专业的选择，很可能决定未来的事业和人生。高考结束，若你尚不知自己的兴趣所在，还没有长远的目标和方向，对大学和专业一无所知，那么，赶紧补上这重要的一课！成绩出来，报考志愿时的选择，尊重父母师长的建议，也一定问清自己的本心。未来长途，包括就业在内的诸多选择，都不可轻易交付亲人和潮流。否则，后果或许不轻。我朋友的女儿，本科学了四年农学，考研时却毅然转向文学翻译专业，理由是大学专业是父母所报，自己硬着头皮苦学几年仍无兴趣，文学才是她情之所钟。大学校内，对所学专业不感兴趣的同学，哪里只是她一个？又有多少被亲人安排或盲目从众进入职场的年轻人，工作没几年就直呼入错行，急着跳槽重寻自己的方向？

　　准备出发的行囊，依靠自己的双手。高考竞争的压力，让家庭的呵护习惯成自然。离开父母，清晨无人唤你早起，深夜无人催你入睡，诸多生活的细节，都须你自己面对。生活的本领，也是高考后的必修课，越早装入行囊，你的独立前行，就越早趋于从容。我建议你备好的，还有对这世界的爱心。青眼对自然，识花问草，与美丽为友；向庄稼致敬，弄清食物的来处。真情向人间，交游交心，择善而从；对精神富裕者怀敬慕，向贫寒悲苦者伸援手；感恩给予，也予人玫瑰。大学开始的人生长路，不都是阳光大道，也难免逼仄不平，山重水复，风雪载途。行囊中必不可少的，还有越过坎坷穿过风雨的顽强和自信。你自己装入行囊的美好种子越多，你人生的果实就越甜美丰硕。

　　带上自己，像福特一样自己"砍柴"，青春的下一段行程，人生的漫漫长路，自然不缺少融融暖意，灿灿光明，丰实的收获，独属于自己的风景。

命运的天空有明月运行

伏天，夜晚十点，华灯灿灿的上海外滩，依然被罩在近四十度高温的无形蒸笼中。两个年轻保安，正对着一个跑进草坪摆姿势让人拍照的女人叫喊。两人除沙哑的声音引人注意，更惹眼的是与季节不合拍的长衣长裤。

人潮渐渐退去，他俩依然警觉地坚守岗位。见缝插针和他们闲聊几句，得知他们来自北方农村，在外滩做保安已几年，有时一年也回不了一趟家。最难耐的就是夏天。每日工作十二小时，顶烈日冒酷暑在外滩巡逻，不能坐不能歇，汗水浪潮般一层层漫出体外，衣服整天都湿漉漉的。

"下班回宿舍，脱下的衣服能拧出水来。如果不洗就晾干，衣服上泛着一层盐……"高个子保安说。

"不穿长衫长裤，要不了几天，一层皮就晒掉了……"说这话的保安个子矮些。

他俩说话的神气平静淡然，沙哑的声音轻松愉悦，辛苦的似乎是别人。我却心潮暗涌，眼前云雾氤氲，模糊起来。

上海归来，几次想起外滩邂逅的两个保安，想象晒伤的皮肤浸在汗水里的滋味儿，每每心疼。季节流转，我居住的北方，已秋风瑟瑟。暗暗思忖：上海外滩也凉爽些了吧？

下班回到我们小区门外，一抹鲜艳的红点亮了萧索的眼。一个六旬上下的妇人，坐在矮凳上，面前一地鲜美可人的菜：一个憨态可掬的南瓜、两把儿清秀的紫苏、三捆儿青翠欲滴的韭菜、几十个饱满的豆角……黄的、紫的、深绿的、浅绿的，都干净漂亮，楚楚动人。穿鲜艳红夹克的妇人，短卷发在风中舞蹈，被皱纹烘衬着的喜眉笑眼，一会儿对着地上的菜，一会儿对着进出小区的行人。偶尔有人上前搭话买菜，她浓重的河南口音就快乐地飘荡到风里。

菜是妇人侍弄出来的。她常挂在嘴边的"老头子"，在工地看材料。她随老头子住在工地的简易房里。闲来无事，便在工地角落辟出一片小菜园，随时令更迭侍弄各种蔬菜。菜吃不完，就隔三岔五择得干干净净到我们小区门口卖。一天黄昏，天刚擦黑儿，妇人的菜还剩一点儿，她身后站着个老头子。老头子不帅气，却和妇人的菜一样，干净整齐。

　　我买下剩余的那点儿菜，妇人欢喜地唠叨，老头子不放心，托别人看材料，来接她回。

　　妇人和老头子，让我记起迟子建中篇小说《踏着月光的行板》。背井离乡在异地打工的农民夫妇，中秋节各自意外得到一天假，为给对方惊喜，都早早踏上驶向爱人的慢车。虽然一天中往返四趟，直到圆月高悬，才在反向行驶的列车交错时看了对方一眼，虽然平时一两周才能见一次面，然而辛酸的生活背景上，浪漫的爱如皎洁的明月，温馨的真情比春日阳光还晴暖。

　　我又想到身边的诗人墨刚。初中毕业后，因家庭贫困，墨刚开始四处漂泊打工。一次他发着烧吊着安全绳在建筑工地30层楼顶晃晃悠悠坚持支完钢板，下到地面坐在阴凉地里喘粗气。地上一只叼着米粒艰难爬行的蚂蚁让他含泪在烟盒上写下《蚂蚁》："我要跟一只蚂蚁做亲戚／我经常看到它整日忙忙碌碌／有时为自己的理想起早贪黑／有时仅仅为得到一粒米……／／人生在世，多么不易／有时感觉自己就是一只蚂蚁……"他写一群中午吃着馒头和炒白菜的疲倦民工，挤在楼与楼之间空隙里斜斜投来的一方狭仄阳光里取暖："高楼巨大的阴影里，上映着多么温暖的一幕啊……"

　　民工的艰辛生活虽然有时让墨刚感觉自己是一只蚂蚁，然而，一幕幕温暖的瞬间像内心幸福的闪电，他坚持追求的作家梦，更是恒久闪亮在心里。尘土飞扬的工地上，没有书，他捡废报纸阅读副刊上的文学作品；没有稿纸，他捡工友们扔掉的烟盒拆开压平在上

面写诗。逐梦 20 年，他的诗歌发表在许多报刊上，他的诗集顺利出版并引起强烈社会反响。评论家桫椤认为他的诗语言清新，有简约质朴之美，"追求想象中的远度，在现实与想象中间进行理想主义徜徉"。

由看工地的老人、小说中的打工夫妻、文友墨刚，想到上海外滩的保安，终于释怀。外出打工者的立体生活图画，背景是辛苦的色调在所难免，但只要有温情暖意点染，有梦想花苞闪亮，他们命运的天空，就永远有明月运行。如《踏着月光的行板》结尾所说，月亮就像在天上运行的列车，永远起始于黑夜，终点永远都是黎明。

榴花一朵，照人明

提起中国戏，京剧众所周知，号称"国粹"，可谓魅力十足，直抵人心。但是，与山西没有关联的人，多数没听说过晋剧，更不会知道，在山西，晋剧也是受众云集。远在昔阳县城，有一位老人，一辈子与晋剧厮守。这个"老晋剧迷"，醒来是戏，躺下还是戏，"梨园梦"足足沉醉了六十年。

老人父母都是业余晋剧演员，耳濡目染，他十来岁便迷上戏曲。"今年一十三，武艺不太沾。木棍没学成，铁棍拿不动。"开场道白后，先耍木棍，再耍铁棍。台下掌声的潮水，溅起欣喜的浪花，涌入少年的心底，成为信心与动力之源。年近七旬的老人，忆起十三岁初次登台表演的情景，脸上泛起羞涩的潮红，仿佛又回到少年。

"沾"是方言，行、好、可以的意思。为了武艺在内的演艺足够"沾"，小小少年，便披着朝阳落霞，走上苦练戏功的艰辛旅程。"唱、念、做、打"四项基本功，"手、眼、身、法、步"五种表演技法，是戏曲艺术的灵魂。演员熟练掌握"四功五法"的要领，舞台表演才能娴熟自如。比如，扮演戴纱帽的官员，演员要通过耍帽翅来表达角色的心理活动。耍帽翅完全由脖颈及后脑勺控制，过硬的帽翅功须经长时间刻苦磨炼方可习得。他早起晚睡，进行腰、腿、手、臂、头、颈、眼、脸、口等身体各个部位的练习。最初，浑身伤痛难忍，起不来床，吃不下饭，身上脱去几层皮。内心的热爱、父母和观众的鼓舞，激励着他坚持下来。这些艰难的经历，破茧成蝶，成全了他的梨园梦想。三晋之地，钟灵毓秀，万民拥戴的"文武场"，让他如愿以偿，成为昔阳晋剧团一名满身功夫的地道老生。

昔阳地处太行山深处，作为县级基层剧团，大多数时间都在深山下乡演出。太行深处，村落松散。大卡车露天的车厢里，装载着铺盖与道具。演员坐在铺盖上，在崎岖的山路上起劲儿地颠簸，风尘仆仆到村里，个个成了土人。借民居，打地铺，粗茶淡饭，长夜孤灯，身边伴着厚重的古装行头。每天至少要演出两场，每场硬扛三四个小时。简陋而缤纷的舞台，多情多义的晋剧。看家戏多得是：《打金枝》《金沙滩》《空城计》《徐策跑城》《薛刚反唐》《算粮登殿》……地道老生每天全力以赴，用富有浓郁乡土气息的山西腔调，把晋剧慷慨激昂而又婉转流畅的旋律，以及清晰亲切的道白，播洒到每座山村、每寸舞台。帽翅功、髯口功，招招式式，样样功夫，他都有板有眼，毫不含糊。累，算什么？病，又能怎样？有时感冒发烧，咽喉疼痛，疲倦乏力，他让乡村医生开点药，打一针，不误继续登台。一踏上舞台，包括他在内的所有演员，就变成喜怒哀乐、悲欢离合的缔造者与痴情人。

剧团也在山西其他地市演出，偶尔也到河北、陕西、内蒙古等地。他的表演，受到了广泛好评。只要走上舞台，观众的掌声潮水般漫过，再多的辛苦劳累，于他，都像沙滩上的印痕，没了踪迹。

他在剧团四十五年，从少年演到青年，从青年演到中年，再从中年演到老年，演出的看家戏早已超过上百出。地方戏曲式微，剧团解散。这位上了年纪的地道老生，在县剧团旁边，开了个小商店。虽说商品不多，生意清淡，老人却腰板挺直，精神矍铄，每日晨昏，执着地温习"四功五法"，一遍遍地再现舞台上的腔调风韵、唱念做打……每有演出机会，便兴致勃勃，全力以赴。商店货架上最醒目的位置，摆着他近期演出获得的奖杯和荣誉证书。顾客进店，闲聊也离不开挚情梨园。他似乎在等候独属于自己的舞台，等候自己演绎主角的时光和观众们爆棚的喝彩。

昔阳县城之外，几乎没多少人知道这位梨园老人路喜录的名字。但是，国内很多人知道，湖南湘西凤凰县，曾走出了著名作家沈从文，还走出了沈从文的亲表侄——国画大师黄永玉。

黄永玉少年时，因成绩落后，被迫退学。他一边在各地辗转流浪，

一边自学画画，即使在小作坊做童工，在码头做苦力时，也没扔下手中的画笔。随着时光的研磨，黄永玉钟爱的画笔，慢慢画出了自己的风格。

盛年时，黄永玉的画笔也曾挨过外界的指斥和批斗。落入人生最低谷的他，晚上一回家，便偷偷摸摸通宵作画。在自家狭窄阴暗的小屋墙上，他绘出一扇大窗，窗外阳光灿烂，野花盛开。人生的意境美，绽放在画笔下。

70岁的黄永玉先生，在佛罗伦萨的烈日下，背着画箱到处写生。饿了，啃几口干涩的面包；渴了，喝两口毫无滋味的凉水。每天画画十小时以上，无疑，他把整个身心的力都凝聚在了画笔上。早已功成名就的黄永玉先生，晚年在京郊建起一座大名鼎鼎的"万荷堂"，种下各色各样的荷花。被誉为"荷痴"的他，细细观察描画着千姿百态、风情万种的荷。他笔下的荷花独树一帜，花瓣绚丽，蕊香盎然，神韵非凡。

为画而生，为画而老。画于黄永玉，就像文于沈从文，戏于路喜录那样，是一世铸造的魂，一生追逐的梦。

"更有榴艺一朵，照人明。"一朵榴花，阳光一般，灯盏一般，点亮了宋代词人叶梦得的《南歌子》，也点亮了后世读者阅读的惊喜。名人也好，寻常人也罢，一生一世的痴爱，恰如一朵明艳的榴花，照亮了漫长的生命之旅，照亮了一场千姿百态、激情燃烧的文化盛宴。榴花一朵，绽放于别人生命的枝头，也能在我们生活的绿叶间开放。

芬芳的一年

寒风里一株玉兰，枯枝上已擎起数不清的花苞，凛冽中蕴蓄的花事，预示着新一年的春天。辞旧迎新，放慢前行的脚步，回望远去的一年又一年。2009年的缕缕芬芳，沿着时光之路，氤氲飘溢，逶迤而来。

那年上半年，在乡村小学支教。三道短墙圈起两排简陋的教室，就是校园。黯淡背景中，乐观敬业的老师，天真无邪的孩子，让人深深感动。妇女节清晨，接听爱人的电话，他问想要什么礼物。眼前浮现出校园内空空的花池，我一脸憧憬地微笑："要一百棵可以种进泥土的月季花。"当晚，就收到一个鼓鼓的大蛇皮袋，里面是他从花圃买回的一百棵月季。

种花的日子，风沙漫天，和同事忙碌了整整一上午。亲手栽下的月季，像一群酣睡的孩子，迎着春风，沐着暖阳，享受水的润泽，等待张开嫩芽的眼睛，滋长一片芬芳的希望。

忙碌的教学之余，便到花前，浇水、施肥、锄草、捉虫，日子在飞，乡村校园悄然变化。夏日来临，春天种下的月季花，已葳蕤缤纷。领着孩子们，精心护花，快乐赏花，用心写花，在花前悠然地小憩。亲近花朵时陶醉地深嗅，馥郁的香气也弥散到心里。除了满校园弥散的花香，我还收获了许许多多：每天，刚近校门，热情相迎的张张笑脸；作业本上，曾经的错叉被越来越多的红对勾取代；指导的学生，在讲故事和征文比赛中获奖；常听我讲课的老师，课堂教学的热情愈发高涨……那许许多多，都花儿一样芬芳动人。

支教的生活，繁忙又琐碎，付出了太多汗水。因为汗水浇灌的是诚挚的爱，所有的付出，便都开出花儿来，花儿的名字，是幸福和快乐。

那年下半年，回到小城。奔忙于家和单位之间，致力于教书育人，也认真打理家务，像备课一样准备一日三餐。周末，常常携夫带女，去看望公婆和父母。那一年，放眼全球，金融危机，甲流肆虐，风云变幻。作为寻常女子，却如置身世外，挖荠菜，看霞飞，拥抱自然，体察农事变幻，感受偏僻乡村的安宁；步行上班，晨昏锻炼，闲读诗书，恣意为文，静享闭塞小城的安适。在低碳生活中，面对学生，面对亲友，面对素不相识的人，面对六十周岁的祖国母亲。尽一份责任，送出一份力所能及的关切，常有一种开花的心境。即使秋的萧瑟和冬的彻骨里，精神的愉悦也照样绽出怡人的芬芳。

2009 年的一路芬芳，昭示一个庸常的道理：若捧得一颗爱心，拥有奉献的美德，无论在静寂乡野，还是繁华都市，都会育出一片美丽的花园，让心灵的暗香流溢到自己和别人的生命里。年年岁岁，若都能带着这芬芳上路，生命的旅途，便总会有暗香浮动，无限风光。

我们传承什么样的坦然

骑自行车慢行在熙熙攘攘的小街上，忽觉有人轻拉我大衣左侧的口袋。警觉地转脸看左后侧，一张大男孩儿的脸几乎要贴到了我的肩。这是一张青春的脸，脸上没有半丝半毫的慌张和羞怯。我与他四目相对时，他的右手正执着地捏着我的手机。我右手稳住车把，左手捂向上衣口袋手机所在的部位。我的手捂得紧紧的，男孩儿的手迟疑了片刻，才不情愿地松开手机，撤出我的衣袋。我左手捂着手机，继续骑行了十多米，才停下车回头看。大男孩儿就在我身后六七米处慢慢行走，我凌厉的目光再次与他的目光相对，他依旧一脸坦然，没有半丝慌乱和羞怯。小街上人来人往，看到这小毛贼追车行窃的人肯定不止一个，可我能看到的脸，全贴着漠然和坦然的标签。

我想做点儿什么，可一个弱女子，捉贼是天方夜谭，报警也来不及，给这满脸坦然的小贼一些钱更是助纣为虐。犹疑片刻，我只有骑上车，满心愤然却又无奈地离开。寒风中，路人看我被偷后的脸，一定是异于小贼的另一种坦然。

路过即将竣工的楼盘，冰冷的钢筋水泥间，农民工们正热火朝天地忙碌着：高高的吊车驾驶座上，年轻的小伙儿，神情专注地操控着机器；悬空的脚手架上，几个中年汉子，正忙着安装窗框；楼下空地上，一群年纪稍长的民工，推着铁皮车，清理着建筑垃圾……这些泥衣布鞋的民工们，金黄色的安全帽罩着的，是一样的灰头土脸。他们的脸上，是一样的安详和坦然。看着他们，不由得让人想到冬夜路灯下推着一平板车橘子不肯回家的小贩，酷暑炎阳下拎着蛇皮袋在垃圾箱前挑挑拣拣的老人，以及随时可在街头巷尾见到的拿着扫帚穿着黄马甲的环卫工人……这些人的脸上，都和建筑工人们一样，洋溢着一份坦然。这份面对劳动时健康的坦然，让我们透过艰辛和卑微，透视到健康人性的温暖和宁馨。

小毛贼乃至江洋大盗的行窃，很重要的原因，是生活所迫却不肯坦然面对劳动而采取的卑劣之举。他们脸上迥异于农民工、小商贩、环卫工的坦然，昭示出人性的扭曲和价值观的病态。这种扭曲的病菌扩散传播开去，必然是于己、于人、于社会更大范围的感染和伤害。曾经轰动媒体的小悦悦事件，两个肇事司机撞倒碾轧两岁孩子后的

坦然离开，十八个路人的坦然而过，与小毛贼行窃的坦然有着割扯不断的关联。

雪花飘飞，住宅小区内，活泼可爱的小孙女儿快乐地在前边跑，爷爷拎着书包护在后面。"爷爷，我的手可热乎了，揣在羽绒服口袋里像着了火，你摸摸！"枯皱的大手握住红润小手的瞬间，成了雪地上动人的一幕。"孙女儿，到学校可得好好学习，不然长大后只能蹬三轮，捡破烂儿……"老人温柔地教育着孙女儿，满脸皱纹间充满着歧视蹬三轮捡破烂儿劳动的坦然。

从家长口中听到的一句话至今还疼痛在心里，那是一个班主任咬牙切齿对孩子说的话："让你成才很难，毁了你却很容易！"班主任不负责任的形象在这句话后格外清晰。毁人容易成人难，这个班主任气急败坏的一句话，真切地道出育人的真谛。

千家万户的小孩子们，最初都是带着亲人给的爱和温暖，走进幼儿园，走进学校，走入社会。当小悦悦悲惨离去，坦然救人的陈贤妹被雇主辞退、遭房东驱赶之后，当我亲历被小毛贼追车偷窃之后，站在新一年的春天即将到来之时，回顾尘世间形形色色的坦然，作为一个教育者，不得不思索：我们的家长，我们的老师，我们的社会，需要传承给孩子们什么样的坦然，来面对劳动，面对困难，面对无助，面对正义……

母校，文庙，明伦堂

我站在一片瓦砾堆前，目光在残砖断瓦里挖掘年少记忆。

校门内，甬路西侧刚拆掉的几排平房，曾是母校定州师范的音美教室和教师宿舍。

马玉山老师醇厚圆浑的男中音，擅唱女生清越悠扬的歌喉，五音不全的男生让人忍俊不禁的腔调，几十架脚踏风琴混乱合奏的声响，交织在每周两节的音乐课上，让我们接受了浅显却系统的音乐启蒙。

美术课上，短发，明眸，扁鼻梁翘鼻尖的女生贺红，静坐成腼腆含笑的模特儿。秀雅干练的霍玉静老师，教我们素描同学静美的青春。一支支绘图铅笔的线条，落在画板上。几十张头像，大多形

245

也不似，神乜不像；霍老师笔下，贺红含笑的侧脸跃然纸上，短发，明眸，扁鼻梁翘鼻尖，腼腆的神情藏不住活泼的天性。

班里最爱画画的，是爱冰和我。周末的美术教室，寥寥几人，有他有我。素描，水粉，水彩，工笔，油画，由黑白灰到彩色，我们的画技，由稚嫩向着成熟蜕变。毕业那年春天，我也静坐成腼腆含笑的模特儿，被爱冰素描一下午，头像跃然于画纸上。在校图书馆举办的毕业画展上，这张头像素描被展出，引得不少同学注目。文化学习之外，爱冰执着于画，每天晚自习后画到午夜。毕业时，绘画水平不输美术老师。

我还爱文学。课余，阅读文学名著和《散文》《少年文艺》等文学月刊，也随笔涂鸦，烙下"为赋新词强说愁"的成长印记。体态丰盈、温柔敦厚的语文老师陈秀芹，毕业前教我一年，却给了我把一门学科热爱到老的赏识和激励：课上朗读我的文字做范文，课下邀我到她家闲聊文学，推荐我参加全省的作文比赛……她家就住在音美教室后面的教师宿舍区。我是她家常客，是她胖乎乎的小儿子熟悉的小阿姨。她用裁剪的旧挂历纸折成美丽的形状串帘子，我也动手帮忙，仿佛在帮嫡亲的姐姐。

陈老师帅气儒雅的爱人张举胜，教我们下届同学语文课，是母校引领风骚的大才子。下届痴迷于文学的师弟永泽，深得张举胜老师激赏。我和永泽的作文，被推荐到省里参加比赛。参赛前，我们工工整整誊写在方格稿纸上的作文，悬挂在学校图书馆墙上，像引航的旗帜。我那篇文字，不过是对着教室窗帘浮想联翩，抒发的一己青春情怀。陈老师推荐的理由，或许只是下笔文雅、思想灵动一些，内容我自己都早已忘记，可见并非佳作，自然无缘获奖。永泽的作文《拾馍老人》，我在图书馆细读了一遍，至今记忆犹新。他文字的镜头，聚焦于校园内那个瘦小丑陋的老人。老人风雨不误，每天捡拾丢弃在角落里的馒头，收取泔水桶里的剩菜。估计很多同学如我一样，不曾关注这老人；更不会想到，老人靠大家浪费的粮食蔬菜，养猪发家，富裕一方。永泽的作文，获得了省作文大赛一等奖，刊登在《少年文艺》上。

图书馆在校门内甬路的东侧，命运不同于甬路西侧的教室和宿舍，三十年后的今天，不仅免于拆除，门窗也被油漆一新，明亮的朱红耀眼。图书馆紧临的东墙，隔着我的母校和文庙。文庙的建筑，也被修缮得新鲜夺目。文庙前院，东西两棵古槐，干枯中空，不知多少年前就已显出垂危之态。若是寻常槐树，早已作古。因名前冠有"东坡"二字，代表河北省，成功入选"中华人文古树保护名录"，枝叶年年繁茂浓绿，焕发勃勃生机。相传，两棵古槐是北宋大文学家苏东坡任定州知州时亲手所栽，故称"东坡双槐"。槐树和文庙，因为苏东坡，近千年而生机不减。

图书馆旁，正对着校门内的甬路，还有一座古色古香的建筑，灰砖灰瓦，雕梁画栋，红漆的木门窗，样貌神采胜过我们在校读书时。这是母校的标志性建筑，曾是师生共用的会议室，如今门楣上高悬起"明伦堂"的匾额。

明伦堂多设于古文庙、书院、太学、学官的正殿，是古代具有一定社会地位的精英们讲学论道的地方，承担着传播文化与学术研究的功能。苏轼至定州前，宋代名相韩琦也做过定州知州。韩琦体恤民情，关爱下属，深受爱戴。于定州期间，他夜间写信，拿着火把为他照明的士兵走神，火把歪了烧着了他的胡子，他用袖子捭灭胡子上的火，照旧写信，还嘱咐长官不要追究拿火把的士兵。韩琦整修文庙，并在文庙西创建了中国历史上第一所"明伦堂"，作为参加科举考试者获取知识与智慧的讲堂。我们的母校，就建在明伦堂旧址之上。

随着中等师范教育的没落，母校被改为冀中职业学院。我们上文化课的教室，几排灰色的平房，连同教室包围着的大花园，早在二十年前就被镶着白瓷砖的教学楼取代。很多青春细节，失去了故地重游触景重温的凭依。值得庆幸的是，因为苏轼和韩琦，因为文庙和明伦堂，母校的正门还在，图书馆还在，会议室还在，校门内的甬路还在，甬路两旁树龄几百年的古松古柏还在。虽然，"定州师范学校"的牌匾已改为"中山书院"；会议室已标志为"明伦堂"。更欣慰的是，陈秀芹老师依然在母校教语文，张举胜老师做了学院主管教学的院长。我的同桌海琴，中师毕业被保送到师范大学，后来回母校任教，与恩师们做了同事。

进入中等师范学校读书的我们，都是从各县、市初中学校层层

选拔的尖子学生。毕业后，我们几乎全部回到各县、市，很快成为
基础教育的主力。三十年过去，大多数同学仍是基础教育的中流砥
柱。贺红做了多年优秀的一线教师，被选拔到幼儿园做园长，很快
被评为河北省骨干校长。爱冰教过几年小学、中学美术，进修了师专、
师大、研究生院的美术专业，到大学里教美术。我做了二十一年语
文老师，改做更为繁琐的语文教研。

改行的永泽，做到了县长，每天忙得像高速运转的机器，文学
梦已搁浅多年。他去北京或从北京返回，途经我所居城市东面的高
速公路，总会微信发个位置图。注目位置图，回想校园里那个热情
爽朗、才华横溢的小师弟，亲切感一如刚毕业时，收到他来信的瞬间。
师弟进京，招商引资，洽谈项目，也带父亲看病。父亲患重症近一年，
他一次次带老人在高速路上往返。为保证血液质量，给父亲输血，
每日公务繁忙的他，常在晚间游泳锻炼。重症监护室，深夜三四点，
他拉着父亲枯瘦苍老的手，拍下一张照片珍存。他说，这双手，不
知什么时候就抓不到了。就是那几天，永泽负责的县突遭雹灾，他
连夜部署抗灾安民事宜。"姐放心，父亲病的事，弟没告诉县里其
他人，也没耽误过工作。"看着雹灾视频，想着深夜他与父亲紧握
的双手，默念微信上他的只言片语，我竟泪落如雨。

永泽八旬多的老父亲，是毕业于高阳师范的中师生，教了一辈
子语文，参与过教材编写，培育出无数高才生，满天下的桃李，有
许多早已成为行业翘楚、社会精英。永泽的父亲，我称呼伯父，却

不知老人家的名字，就像老人家不知同是退休教师的马玉山、霍玉静的名字。

我回母校那天，在瓦砾堆前，遇到一位头发花白的师姐。她在等从各县回母校寻旧梦的同学。我不知师姐的名字，正如她不知我以及贺红、爱冰、永泽、海琴等成百上千师弟师妹的名字。也许母校毕业的众多师范生，以及母校的恩师们，难出半个苏轼、韩琦让后人铭记。即使我有幸出版过几本拙著，再过三五十年，当我从这世上消失，想必没有几人，会注意到故纸堆里，几本书的封面上曾署有我的名字。即使永泽惠泽过一方百姓，也未必有文庙、明伦堂似的建筑，与他的名字关联多少年。

然而，即使母校与文庙和明伦堂无关，消失得杳无踪迹，又有什么可伤感的呢？我们曾年少追梦，青春付出，中年担当，如一株株寻常却美好的作物，叶子葱郁过，花朵绽放过，果实饱满过，追随着母校的恩师和亲人先辈，营养并衔接过历史的血脉。即使终会湮没无闻，也可以莞尔一笑，嫣然向老。

图书在版编目（CIP）数据

感恩最小的露珠 / 王继颖著 . -- 北京：中国广播影视出版社，2020.11（2023.3重印）
（"语文大热点"系列丛书 / 崔修建主编）
ISBN 978-7-5043-8490-4

Ⅰ．①感… Ⅱ．①王… Ⅲ．①散文集－中国－当代 Ⅳ．① I267

中国版本图书馆 CIP 数据核字（2020）第 164659 号

感恩最小的露珠

王继颖　著

图书策划	林　曦
责任编辑	王　萱
装帧设计	智达设计
插　画	王　静
责任校对	张　哲

出版发行	中国广播影视出版社
电　话	010-86093580　　010-86093583
社　址	北京市西城区真武庙二条 9 号
邮　编	100045
网　址	www.crtp.com.cn
微　博	http://weibo.com/crtp
电子信箱	crtp8@sina.com

经　销	全国各地新华书店
印　刷	三河市腾飞印务有限公司

开　本	880 毫米×1230 毫米　　1/32
字　数	149（千）字
印　张	8.25
版　次	2020 年 11 月第 1 版　　2023 年 3 月第 3 次印刷

书　号	ISBN 978-7-5043-8490-4
定　价	32.00 元